庶務行員

# 多《た》加《か》賀《が》主水《もんど》が許さない

江上 剛



祥伝社文庫

目次

# 第一章　たかが一介《いっかい》の銀行員

## 一

会長の権藤幾多郎《ごんどういくたろう》は、テーブルに置かれたシガレットケースから煙草《たばこ》を一本、取り出した。第七明和《だいななめいわ》銀行会長室――最近はどこもかしこも禁煙だが、この部屋だけはその規制から免《まぬが》れていた。権藤は特権を誇示《こじ》するかのように卓上ライターで煙草に火を点《つ》けると、さも心地《ここち》よさそうに目を細める。権藤の胸郭《きょうかく》が大きく上下して、煙が勢いよく吐き出された。白い煙は真《ま》っ直《す》ぐに漂って、向かい合わせに座る専務の綾小路英麻呂《あやのこうじひでまろ》の顔にかかる。

専務の綾小路は、煙を避けるように顔を背《そむ》けた。そんなことはお構いなしに権藤は、押し殺した威圧感《いあつかん》のある声をかける。

「確か君は煙草を吸うんじゃなかったか。この部屋では遠慮しなくてもいいんだぞ」

権藤は、シガレットケースを綾小路に向けて押し出した。

「ありがとうございます。ですが、明和銀行をたたき潰《つぶ》すまで煙草断ちを決意いたしました」

綾小路は甲高《かんだか》い、どちらかと言えば女性的な声で答えた。その声はしつこく粘《ねば》っこい性格を感じさせた。

「煙草断ちとはね。ふぉはっはっはっ……」権藤はさも楽しそうに声に出して笑った。「それで、明和潰しの方は進んでいるのかね」

第七明和銀行は二年前に第七銀行と明和銀行の合併《がっぺい》によって誕生し、メガバンクの一角を占《し》めるようになった。

しかし現在、旧第七銀行と旧明和銀行の間では熾烈《しれつ》な派閥《はばつ》争いが始まっていた。「一つ屋根の下に二つの銀行」という状態どころではない。「金融《きんゆう》界のバルカン半島」とまで言われる始末だったのである。

そもそも合併が金融庁主導で行なわれたことに問題があった。

国際金融界は、リーマンショックやギリシャ財政危機などで絶えず不安定な状況に追い込まれている。そうしたリスクを回避するために自己資本比率などの規制強化が進められていた。日本の金融界も足並みを揃《そろ》えなければならず、大型合併を迫られていた。多くの銀行がすでに合併し、最後まで残っていたのが第七銀行と明和銀行だった。両行は、国内においては関東を主たる営業エリアとしており、激しい顧客《こきやく》拡大の戦いを繰り広げていた。そのため両行の合併は絶対にあり得ないと考えられていた。しかし他行との合併の機会を失い、気がつけば両行だけが、合併する相手のいない状態になっていた。そこで仲介《ちゆうかい》に入った金融庁が、強引に両行の合併を進めたのである。国際金融界で進められる規制強化の波に対処するためではあるが、それよりも少子高齢化する日本のマーケットでは銀行の数そのものを減らしていく必要があった。

監督官庁である金融庁に言われては仕方がない。しぶしぶ戦いの鉾《ほこ》を収めた両行首脳は握手《あくしゆ》を交わした。しかし、旧第七銀行の頭取《とうどり》で、合併後、会長に祭り上げられた権藤は、旧明和銀行との融和《ゆうわ》を図《はか》る気などさらさらなかった。

——せっかく合併したのだ。これで明和を亡きものにして第七の勢力で支配すれば、第七明和という巨大銀行を自分のものにすることができるではないか。

そう考えた権藤は、表向き融和を唱えながら、極秘裏《ごくひり》に明和側を追い落とす策を練ったのである。

例えば効率化のために、近くにある第七側と明和側、二つの支店を一つにする動きがあったとする。バランスを取りながら実施すれば揉《も》めることはない。あそこでは第七側の支店を残したから、ここでは明和側の支店を残しましょうという具合にである。

ところが第七側は露骨《ろこつ》に明和側の支店ばかりを潰し始めた。これに怒った明和側は、せっかく潰したのに同じ場所で支店を復活させるなどの行動に出た。

合併当初、明和側は融和に努《つと》めようとしていたきらいがある。店舗や人事の施《し》策《さく》について、第七側に言われるままに譲《ゆず》っていたのである。そうした姿勢を取り続けているうちに、第七側の勢力拡大が目立つようになってしまった。これではいけないと明和側が反撃に転じたのである。今や両者の対立は、顧客無視の陰湿《いんしつ》な勢力争いに発展していた。

――もはや決着がつくまで戦うしかないな。

権藤の呟《つぶや》きが明和側に漏《も》れ伝わったのが、決定的な引き金となった。周囲の心配をよそに、どちらか一方を殲滅《せんめつ》するまで終わらない戦いが、ついに始まってしまったのである。「こんなことになるなら合併などしなければよかったのに」という声が行内から上がっていたが、残念なことに、現場の声は上層部には届かなかった。

「最近、明和の態度は鼻もちならん。頭取の木下《きのした》は、私に会っても挨拶《あいさつ》すらせんのだ。許せん。状況を説明してくれ」

権藤は、じろりと綾小路をひと睨《にら》みした。

頭取の木下富士夫《ふじお》は明和出身で、温厚《おんこう》な人柄だと言われているのだが、さすがに権藤とは角《つの》をつき合わせているようだ。

「明和側の人材を排斥《はいせき》し、かつこちら側に寝返らせつつ、我が第七の人材を登用する方針で進めております。それが成りました暁には、第七明和は安泰《あんたい》になるでしょう」

「手ぬるくはないか。最近、我が方からも明和側に寝返る不届き者が現われていると耳にしたぞ。そんな奴《やつ》は打ち首だからな」

綾小路は一瞬、首をすくめた。

つい先日、あまりにも行内対立が凄《すさ》まじくなっていると、金融庁に宛《あ》てて内部告発の投書があったのである。その送り主が第七側の行員だったために、権藤はショックを受けたようだ。

「粛々《しゆくしゆく》と進めてまいります」

「なにはともあれ楽しみにしているぞ。明和の役員を見る度《たび》に苛々《いらいら》するのだ。能力、決断力、何一つとってもろくな奴はいない。早く目の前から消してしまいたい。ところが合併に伴うバランス人事でそういうわけにもいかない。どんな手を使っても構わないからな。君は、次期頭取だ。大いに期待しているよ」

「畏《おそ》れ入《い》ります。しかし私などはまだまだです」

綾小路は余程《よほど》嬉《うれ》しいのか、含み笑いを浮かべた。

「とにかく派閥人事を早く終わらせ、実力本位の人事にしなければならん。今、第七からは会長の私、加藤《かとう》副頭取、そして君。明和側からは木下頭取、吉川《よしかわ》副頭取、野添《のぞえ》専務。六人が取締役だ。加藤君は、もう副頭取で終わりだ。あいつは汚れ役ができないからな。トップにはなれん。頭取には実力的にも年齢的にも駄目《だめ》だ。彼では明和に勝てない。私は次期頭取に君を推すつもりだ。しかし木下頭取は、なんと自分の部下である吉川副頭取か野添専務を昇格させようと画策《かくさく》しているらしい。頭取ポストを私物化、いや明和化しようとする暴挙だ。頭取のポストは、第七と明和で交互に分け合うというのが合併時の了解事だったはず。約束を覆《くつがえ》すのは許せない」

権藤の口ぶりが激しくなった。

「会長のポストには、交替するという取り決めはございませんが……」

綾小路がにんまりと薄笑いを浮かべた。

「……実はそうなんだよ」権藤も口角《こうかく》を引き上げた。「私、そして君。二人で会長と頭取を占有《せんゆう》する。第七が目指すべき理想の体制だ。木下頭取ごときに会長のポストを譲る気はさらさらない。とにかく第七主導の銀行にせねばならないんだ。何かにつけて反対する明和を黙らせないことには、この激動の時代を生き抜くことはできん」

「会長の意向に沿うよう、私、綾小路は粉骨砕身《ふんこつさいしん》、身を粉《こ》にして頑張《がんば》ります」

「そうだ、くれぐれも……」権藤は新しい煙草に火を点けた。深く吸い、ゆっくりと煙を吐き出す。

「君に注意をしてもらいたいのは身内だ。第七から明和に寝返る奴が出てはならない。明和を潰すことは大事だが、身内に裏切り者がいないか、注意してくれ。私の経営に逆らう奴、身内の敵、すなわち獅子身中《しししんちゅう》の虫の退治《たいじ》に手抜かりのないようにしてくれないと困る。今は、そっちの方が心配だ。敵を倒そうとして身内に倒されることほど惨めなものはないからな」

「心得ております」

「どんな手を使っても構わないからな」

「手は打っております。成果は近い内に……」

綾小路は静かに頭を下げた。

二

「主水《もんど》さん、おはようございます」

生野香織《しょうのかおり》が明るく挨拶をする。

彼女の声はちょっとボーイッシュながら溌剌《はつらつ》としていて、聞く人の気分を高揚《こうよう》させる。くるくるとよく動くつぶらな瞳《ひとみ》の、目鼻立ちがくっきりした可愛《かわい》い女性だ。

「香織ちゃん、今日もきれいですね」

支店の玄関を箒《ほうき》で掃《は》いていた主水は手を止めて、挨拶を返した。

途端に香織がくるりと身体《からだ》を回転させる。ふわりと花柄ワンピースの裾《すそ》が揺れた。主水は、まるで花弁《はなびら》が舞ったようだと思った。聞くところによると、香織は学生時代、演劇をやっていたとか。軽やかな身のこなしはお手のものだ。

「素敵でしょう。これ」

「いいですねぇ。その服で勤務してもらったら支店の評判も上がるでしょうにねぇ」

「ありがとう！」

香織は小さくガッツポーズをすると、行員通用口の方に消えた。近年は、女子行員の制服を廃止している銀行もある。その理由の一つはジェンダー（社会的性差）である。女子行員に制服を強要するのは女性蔑視《べっし》ではないかとの声に配慮しているためだ。しかし第七明和は合併後のイメージ作りのため、女子行員には制服着用を義務づけている。香織が私服で勤務することはない。

「主水さん、おはようございます」

続いて現われたのは、椿原美由紀《つばきはらみゆき》だ。良家のお嬢様《じょうさま》だということだが、人を見下《みくだ》すような素振《そぶ》りは全く見せない。清楚《せいそ》、清潔《せいけつ》、品行方正《ひんこうほうせい》という言葉が似合う、しとやかな雰囲気《ふんいき》を醸《かも》し出《だ》す女性である。スーツをすっきりと着こなして颯《さっ》爽《そう》と歩いていく。初老の域に達した主水といえど、もう少し若ければなぁと思い、見惚《みと》れてしまうことがある。

香織、美由紀は高田《たかだ》通り支店の二枚看板娘だ。彼女たちがいなくなれば、支店は水の涸《か》れた砂漠のオアシスみたいになるだろう。

主水が手に持つ箒の先に、火の点いたままの煙草の吸殻《すいがら》が飛んできた。

「おっ」

主水は慌《あわ》てて身体を起こし、足を伸ばして赤く光る穂先を踏みつぶした。再び屈《かが》んで、黒くなったそれをちりとりに収める。

「失礼！　多加賀《たかが》さん」

主水が顔を上げると、大門功《だいもんいさお》営業一課長が見下ろしていた。

「歩き煙草は厳禁ですよ。マナーを守ってください」

大門は、私立の名門慶明大を卒業し、父親が東証一部上場の某自動車メーカー副社長だという触れ込みである。ゴルフだかサーフィンだか知らないが、黒く日焼けした顔をこれみよがしにひけらかす。エリート意識ぷんぷんの態度で、「末は頭取だ」と公言して憚《はばか》らない。だから主水のような下積み仕事をする人間のことは全く目に入らないのだろう。

「気をつけまーす」

大門は調子っぱずれの声を発し、振り返りもせずに行ってしまった。

「あんなのがエリートなのかね」

主水は歯嚙《はが》みして後ろ姿を見送った。

ようやく掃除《そうじ》が終わった。

「まああだな」

主水は掃き清められ、打ち水をされた玄関先を満足げに眺《なが》めた。

玄関先の掃除は主水の毎朝の仕事だが、なかなか大変である。特に今朝《けさ》は格別だった。

午前七時半に支店に到着した時はびっくりしてしまった。

昨夜、酔漢《すいかん》がＡＴＭコーナーの前に食べたものを戻し、あろうことか小便まで垂れ流していったのである。気味悪い土色の汚物がエイリアンのようにコンクリートの地面にはりつき、小便の跡は臭い立つようにだらだらと道路まで続いていた。

主水はすぐに水とブラシと洗剤を持ちだし、力を込めて洗った。五分もしないうちに、額《ひたい》から汗が溢《あふ》れるように流れ出てきた。今年の夏はとびきり暑い。朝でも摂氏《せっし》三〇度を超えている。力を込めれば込めるほど、汗が滝のように流れ出てくる。タオルで顔を拭《ぬぐ》いつつ、洗い終えた。

繁華街《はんかがい》が近くにあるため、時々、迷惑行為に悩まされる。いっそのこと「小便無用」の看板でも立ててやろうか。

高田通り支店は山手線《やまのてせん》沿線の高田馬場《たかだのばば》駅前にある。旧第七銀行系列で、営業エリアには個人客や中小企業、大企業、学校などがまんべんなく揃っている。規模は中の上といったところだが、歴史は旧第七銀行の中でも古く、名門店と言われている。

多加賀主水は、この高田通り支店で「庶務《しょむ》職」を務めている。融資《ゆうし》や預金《よきん》事務などをする行員を「事務職」という。一般的にイメージされる銀行員といえば、こちらだろう。

一方「庶務職」は、店の掃除、設備のメンテナンス、案内などの雑務をこなす。いわゆる「庶務行員」である。

主水の年齢は五十五歳、これまで多くの職業を転々としてきた。探偵《たんてい》、柔道《じゅうどう》のコーチ、コンビニ店員、土木作業員、ホテルマンなど数えれば十本の指では足りない。大学で化学を専攻し、卒業後は、化学メーカーに就職したが、事情があって退職してからというもの、一つの職に三年以上留《とど》まることがなかった。その末に、ちょっとした縁があって落ち着いたのが第七明和銀行の庶務行員であった。

主水は、とても五十五歳には見えない。髪の毛は黒々と豊富で眉《まゆ》もきりりと精《せい》悍《かん》な顔つきである。体つきも、過去に肉体労働などを経験したからだろうか、がっしりとしている。淡《あわ》いブルーの半袖《はんそで》の制服のシャツから見えている腕には、逞《たくま》しく筋肉が盛り上がっている。

「今日も何事もなく、日々是好日《ひびこれよきひ》でありますように」

主水は、空を見上げ、拝《おが》むように手を合わせた。もうすぐ朝礼《ちょうれい》だ。掃除道具を片付けて支店内に入らねばならない。

スマートフォンが鳴った。着信画面を見ると、〝あの男〟からだ。

「はい」

主水は携帯電話を耳に当てた。緊張で頬《ほお》の辺りが強張《こわば》っていく。

「どうかね。快調かね？」

電話の向こうからは、やや掠《かす》れ気味ながらも甲高い声が聞こえてきた。

「まあまあというところです」

「毎日、レポートを読ませてもらっているが、特に変わったところはないようだな」

「はい。今のところは……」

「引き続き情報を伝えてくれ。慎重にな……」

「分かりました」

電話が切れた。

高田通り支店に配属になって一ヵ月が経《た》つ。そろそろ何らかの形で期待に応《こた》えねばならない。さもないと〝あの男〟は満足しないだろう。主水は、少し憂鬱《ゆううつ》な気分になった。

「主水さん、朝礼が始まりますよ。掃除、終わってください」

制服に着替えた香織が、声をかけにきてくれた。

「はい、はい。今、参ります」

主水は、また元の穏《おだ》やかな表情に戻った。

三

遡《さかのぼ》ること数ヵ月前のある晩――。宅配便の配達を終えて、主水は馴染《なじ》みのカウンター居酒屋《いざかや》に入った。
主水は、自分で軽自動車を保有し、宅配便の会社に請負業《うけおいぎょう》として出入りしていた。荷物を一つ運ぶたびに手数料を受け取るのだが、人に使われるより気ままにやれる仕事だったので、割合長く続いていた。

仕事を終えると、住まいのある中野坂上《なかのさかうえ》に戻り、地下鉄の駅近くにある小さな居酒屋に行くのが習慣であった。家庭を持っていない主水にとって、ここが夕食を食べる場所だ。六十歳を過ぎた女将《おかみ》さんが作るお任せの家庭料理にビールを一本、これが定番である。

主水にもかつて家庭があった。しかしもう記憶にもないほど遠い昔のことだった。

「今日は、主水さんの好きな鯖《さば》の味噌煮《みそに》と野菜たっぷりのけんちん汁、それに厚いハムカツを用意したわよ」

女将さんがカウンターに料理を並べる。

「どれもこれも好物だよ。ここに玉子焼きがあれば最高だけどね」

主水が料理を受け取りながら言う。

「あるわよ。はい」

女将さんが黄色も鮮《あざ》やかな厚焼き卵を出してきた。

「ありがたいねぇ。女将は俺の気持ちが手に取るように分かるんだね」

「何年、付き合っていると思っているのさ」

「何年だっけ？　二年、三年？」

「バカなことを言うんじゃないわよ」女将は笑って「その十倍じゃないのさ」

「もうそんなになるんだ。昔はお互い若かったね」

主水は手酌《てじゃく》でビールを飲んだ。

「何言っているのさ。主水さんはまだまだ若いじゃないの」

女将が漬け物を刻むリズミカルな音がカウンター越しに聞こえる。

店は開店早々で客はいない。女将と主水だけの静かな時間が流れている。もう少しすれば常連たちが入ってきて賑やかになるだろう。

きしんだ音を立てて、引き戸が開いた。

女将が入り口の方に視線を向ける。

「いらっしゃい」

女将が言った。

主水もちらりと見た。黒スーツ姿の男だった。黒髪をきちんと分け、細身の地味な紺《こん》のネクタイを締めている。メタルフレームの眼鏡《めがね》が真面目《まじめ》な印象だが、どことい って特徴がない。気配《けはい》をあまり感じさせない男だ。この店では主水が初めて見る顔だ。

女将の視線が揺れ動いた。女将の不安げな表情だ。この男に何かある……。

「こちらが多加賀主水さん」

女将が男に言った。

主水は驚いて女将を見上げ、そして男に向き直った。

男はスーツのポケットから名刺入れを取り出すと、そこから一枚を抜いて、主水の前に差し出した。『第七明和銀行総務部 渉外係《しようがい》 神無月《かんなづき》隆三《りゆうぞう》』とある。主水は不意を衝《つ》かれたように名刺を握《にぎ》りしめ、男に頭を下げた。

神無月は、女将の親戚筋に当たる男だと言う。

「覚えてる、主水さん。この店で暴力団崩れの男が他の客に因縁《いんねん》をつけたことがあったのを」

「覚えているさ」

一ヵ月ほど前のことだ。酒に酔った暴力団風の男が、常連客に因縁をつけ始めた。男は明らかに、この店で迷惑料をせしめるシノギをしようとしていたのである。常連客は怯《おび》え、震え上がってしまった。誰も逃げ出すことができない。女将がいくら「やめてください」と言っても、男は言うことをきかなかった。

その時、主水はカウンターの端にいて、騒ぎをじっと見ていた。が、男が女将にも手を上げようとするや、すっと立ち上がり、その腕を摑《つか》むと、くるっと捻《ひね》りあげた。そして、苦悶《くもん》に顔を歪《ゆが》める男をあっという間に外に連れ出したのである。

主水は気づかなかったが、神無月はその場に居合わせて、一部始終《しじゅう》を見ていたらしい。

「私、あなたの後について少し外に出たんですよ。あなたは、暴力団風の男に小遣いを握らせましたね。『ここは自分の家みたいなところだ。どうか邪魔《じゃま》をしないでくれないか』とまるで頼みこむように言った。驚きました。あんなに簡単に男を屈服《くっぷく》させてしまうのだから、殴《なぐ》ったり蹴《け》ったりするんじゃないかと思いました。なのに、全く逆だった。そして何食わぬ顔で店に戻った。なんてすごい人だ、これぞ男だと思ったのです。あの暴漢は、殴られるよりも恐ろしげな顔で逃げていきましたね。あれは痛快でした」

神無月は淡々《たんたん》と言った。

「この人、たまたま来ていたんだけどね。それ以来、主水さんを紹介しろ、紹介しろってうるさいのよ。だからこの時間に来れば、いるかもしれないと言ったの。何か頼み事があるみたい」

女将が、話を促《うなが》すように神無月に向かって頭《かぶり》を小さく振った。

「私に頼み事……」

「ええ、ある御方に会ってもらいたいんです。その御方は人材を求めています」

「意味が分からないんですが」

主水は苦笑しつつ、ビールを飲んだ。面倒なことは嫌だと思った。

「わが行《こう》には、あなたのように危機に強い人が必要なのです」

「私は、見て見ぬ振りができなかっただけですよ。危機に強いわけじゃない」

女将は頷《うなず》いて「主水さんは、人が困っていると助けたがる人なのよ。今どき、珍しいのね」と言った。

「それは素晴らしい。ぜひ私たちも助けてもらいたい」

神無月は真面目な顔を崩さずに言った。冗談《じょうだん》とは思えない。彼の顔を見ていると、銀行、それも大手銀行に自分がどうして必要なのかと主水は興味が湧いてきた。

「仕事になるんですか？」

主水は聞いた。

「いい仕事になると思います。少なくとも今、おやりになっている宅配便のお仕事よりは遥《はる》かにいい給料をお支払いできると思いますが……。ちなみに今までどのようなお仕事をされてきたのですか」

「さあ、色々ですね」

主水は口元を歪めた。あまり過去のことは話したくない。

「主水さんはね、あまり昔のことは話さないのよ。長い付き合いの私だって何も知らないんだから。その謎めいているところがいいんじゃないの」

女将が助け舟を出した。主水は黙ってコップに残ったビールを飲んだ。

「分かりました。今、ここにいる多加賀さんを気に入ったわけですから、詮索《せんさく》はいたしません」

神無月が頭を下げた。女将が助け舟を出したために、かえって断りづらくなってしまった。給料がいい。それは魅力だった。宅配便稼業《かぎょう》は完全な歩合《ぶあい》制だ。きつい割に実入《みい》りがよくない。それにいい加減、飽《あ》きていたところだった。

そして主水は神無月に連れられるまま、〃あの男〃に会った。主水はてっきり第七明和銀行に案内されるものと思っていたが、面会場所はホテルの一室だった。薄暗い部屋で相手の顔も見えない。自分の正体を知られたくないのだなと主水は思った。奇妙な出会いだったが、主水は薄気味悪さを感じるよりも、生来の好奇心を刺激され、抑《おさ》えることができなかった。〝あの男〟は「私たちと一緒に戦ってください」と静かな口調で言った。主水は、一も二もなくこの依頼を引き受けた。

戦い……。その言葉が魅惑《みわく》的に聞こえたのである。

## 四

「いらっしゃいませ」

午前九時に支店が開くと、主水はロビーに立った。毎日、銀行には多くの客が来る。客一人一人の異なる目的を整理して、適切な窓口に誘導するのが主水の役割だ。

「現金の引き出しをしたいのですけど」

銀髪の品のいい女性が駆け込んできた。

「お引き出しですね。こちらの機械で番号札をお受け取りください」

主水は番号札発券機に案内する。

「急いでね。お願いね」

女性の表情は引きつったようで非常に険《けわ》しい。息遣いも荒い。買い物用のトートバッグを腕に掛け、白い紙を丸めて握りしめている。ファックスの出力紙のようだ。女性は目を見開き、店内の混み具合を確認するように忙しく見渡している。何かに追い立てられているのだろうか。

「お急ぎでしたらＡＴＭでもお引き出しは可能ですが……」

主水は、落ち着いた口調で言った。少しでも女性の焦《あせ》りが収まるように笑みを絶やさない。

「金額が大きいのよ。なんでもいいから早くしてちょうだい」

「おいくらでしょうか？」

「三百万円よ。急いでいるの。特別に早くしてくれるかしら」

「承知しました。この番号札を持って、そちらでお待ちください。番号をお呼びいたしますから」

主水は自ら番号札発券機のキーを押し、札を女性に差し出した。

「早くしてね」

女性が札を受け取ろうとした時、ファックスがはらりと床に落ちた。

「あっ、落ちましたよ」

主水は即座に屈み、ファックスを拾うと、女性に渡した。

「ありがとうございます」

女性は、ファックスをトートバッグにしまい込んだ。

主水はその瞬間にファックスを盗み見た。

「特別情報。値上がり確実な未公開株情報を教えます。銘柄《めいがら》はアサミバンクです。大手生命保険会社アサミダイレクト生命の子会社ですから間違いありません。今がチャンスです。値上がりは間違いありません。金融庁からの極秘情報ですから他言無用《たごんむよう》でお願いします……」

などと太い字で書いてあった。

主水は首を傾《かし》げた。大手生命保険会社アサミダイレクト生命の名前は聞いたことがある。テレビで派手に宣伝しているからだ。しかし子会社のことは知らない。そもそも未公開株情報をファックスで流すだろうか？　ましてや金融庁が保証しているなどということがあり得《う》るだろうか。

主水はあらためて女性を見た。彼女は椅子《いす》に座ろうともせず落ち着かない様子である。

高齢だが、服装には気を遣《つか》っている。白いパンツに紺のチュニック。首にはブルーの石を配置した大振りのネックレス。いくら急いでいるからといっても、いい加減な服装で出かけてはいない。

なるほど金を持っていそうだ。実際、なんの躊躇《ためら》いもなく高額を引き出せるところを見ると、口座には相当の残高があるのだろう。

——オレオレ詐欺《さぎ》に遭《あ》っているのではないのか。

オレオレ詐欺とは、息子や孫になりすまして老人に電話をかけ、事故に遭ったなどと嘘《うそ》をつき、金を騙《だま》し取るものだ。金融機関はポスターなどでオレオレ詐欺——最近は、振り込め詐欺、母さん助けて詐欺とも言うらしい——に騙されないようにと注意喚起《かんき》を行なっている。しかし、被害は一向に収まることがなく、毎年数百億円もの被害が発生しているという。金を持っている老人を狙った犯行であるため「老人喰い」とも言われている。

——間違いない。オレオレ詐欺だ。あのファックスも怪しいではないか。

主水は確信を持った。もし間違っていたとしても、善意から出た行動であれば、客は不快に思わないはずである。

主水は窓口の香織に近づいた。

香織は預金係である。定期預金や投資信託の新規口座開設を担当していた。

幸《さいわ》い彼女のところに、今、客はいない。

「香織さん、いいですか?」

「どうしたんですか、主水さん」

香織の大きな瞳が主水を捉えた。

「あそこにいるお客さま」主水は女性を一瞥《いちべつ》した。「あのお客さま、オレオレ詐欺に騙されているんじゃないかと思うんです」

「えっ」香織は主水の視線の方向を見つめた。「あの女性ですか? ご年配の……」

「三百万円も引き出すって言うんですよ。かなり急いでいらっしゃいます。それが引っ掛かるんです。香織さんの窓口に案内するので、事情を聞いてくれませんか。お願いします」

「わかりました。でも、上手《うま》く防ぐことができるかな。自信ないわ……」

香織は大きな目を何度か瞬かせた。動揺している。

世間ではオレオレ詐欺の被害が頻繁《ひんぱん》に報じられている。しかし、高田通り支店ではまだ実際に遭遇《そうぐう》した例はない。香織が動揺するのも無理はなかった。

「研修している通り、まずはお客さまのお話をじっくり聞いてみましょう。私は難波《なんば》課長に報告しますから」難波俊樹《としき》事務課長は、事務全般を管理している。主水の直接の上司だ。「ああ、それと、トートバッグの中に、怪しいファックスをお持ちです。それもできれば見せてもらってください」

「わかりました。よろしくお願いします」

香織は不安そうに主水を見つめた。主水は力強く見つめ返して大きく頷くと、ロビーから営業室に向かった。

背後から、香織が女性の番号を呼ぶ声が聞こえてきた。香織は優秀だから、上手く女性から高額引き出しの理由を聞き出してくれるだろう。

主水は営業室内に入り、難波の前に立った。

難波はペンを持ったまま、顔を書類に向けて動かない。身体が固まっている。主水が覗《のぞ》き込むと、目を閉じているではないか。まだ開店早々だというのに眠っているのだ。眼鏡がずり落ちる寸前で止《とど》まっている。

昨日は月末だった。仕事が終わった後、他の行員たちと深酒をしたに違いない。難波は、人柄は悪くないのだが、酒にだらしなく、仕事に難ありという男だ。高校を卒業して第七銀行に入り、五十歳を過ぎているが、もうこれ以上出世の見込みはないともっぱらの噂《うわさ》である。まあ、この姿を見れば納得《なっとく》だろう。

「課長、難波課長！」

主水は難波の耳元で声を荒らげた。

「うぇ、おおっ、ああっ」

難波は、訳のわからない奇声を発し、目を大きく見開くと、慌てて周囲を見渡した。

「な、何ですか？　どうしたんですか？」

難波は驚いた顔で目の前にいる主水を見上げた。

主水はさっと手を伸ばし、難波の口を抑えた。

「うっ」

難波が目を剝《む》いた。

「課長、落ち着いてください。オレオレ詐欺です」

主水は、難波の耳元で囁《ささや》き、そっと手を放した。

「ふう」

難波が大きく息を吐いた。「死ぬかと思った。何、オレオレ詐欺？　詐欺師が来ているのですか」

「しっ」

主水は口に指を当てた。「香織さんの窓口にいます」

「あのおばあさんが詐欺師か」

難波が眼鏡をかけ直して香織の窓口の方に視線を向けた。

「そんなわけないでしょう。被害者ですよ」

「本当?」

「三百万円もの大金を急いで引き出そうとしています。オレオレ詐欺に遭うおそれがあります」

「おそれって何ですか。詐欺って決まったわけじゃないの? 多加賀さんにとっては大金でも、人によっちゃはした金ってこともありますからね」

難波は口をだらしなく開けて笑った。黄色く汚れた歯が覗いた。

「そんなことを言っていてお客さまが被害に遭われたら、どうするんですか? どうして止めてくれなかったのかってクレームが入りますよ」

主水は、難波の机に両手を置き、ぐっと顔を寄せた。

「文句を言われるの? 嫌だね」

難波は眉間《みけん》に皺《しわ》を寄せた。面倒《めんどう》はご免だ、と顔に書いてある。

「窓口で香織さんが事情を確認しています。もし騙されているようなら説得を試みます」

「客が、それでも金を引き出すと言ったらどうするの。勝手にさせるしかないでしょう」

「その場合は私がお客さまと同行します。ちゃんとお客さまが目的の場所までお金を持参されるのを確認します」

「余計なことしないでくれますかあ」

「余計なことでしょうか？」

主水は厳しい目で難波を見つめた。

バンと大きな音を立て、難波が両手で机を叩《たた》いた。「主水さん、いい加減にしてくださいよ。あなたねえ、庶務行員でしょう。立場をわきまえてください」

「どういう意味でしょうか？」

主水は冷静に言った。

「分からない？」難波は首を傾げた。「じゃあ、教えてあげます。庶務行員はね、店の掃除などをしていればいいんでっす！　オレオレ詐欺を捕えるなんてことしなくていいの。わかった？　わかりましたら、あっちに行ってください。こっちは忙しいんだから」

難波は顔を背け、右手を振った。

「難波課長」主水は机に両手をつき、前のめりになって難波に顔を寄せた。

「な、何ですか」難波は主水の表情の険しさにおののいたのか、仰《の》け反《ぞ》った。

「もし本当にオレオレ詐欺だったら、未然に防止できなかった難波課長の責任が問われますよ。銀行業界全体でオレオレ詐欺防止に取り組んでいますからね。それでもいいのですか。悪くすると減給処分です」

「減給処分?」

「ええ、本当です。私は難波課長がオレオレ詐欺を防ぐべく努力しなかったと支店長に報告しますから」

「脅《おど》すの? それは困るなあ。でももし詐欺じゃなかったらどうするの? 余計なことをしたって責任問題になります。主水さんのやり過ぎってことになる。俺は知らないですよ」

「その時は、私は潔《いさぎよ》く責任をとって銀行を辞めさせていただきます」

主水は本気で言い、難波に決断を迫った。

「本当にそこまでやりますかねえ」

難波は、まだぐずぐずとしている。とにかく面倒が嫌なのだろう。

「責任は全て私がとります。課長はすぐに警察に連絡して、お巡《まわ》りさんを派遣してもらってください」

「俺が、警察に？」難波は自分を指差し、「おいおい、間違いだったら大騒ぎですよ。警察から大目玉、食らうんですから」

難波の煮え切らない態度に、主水は殴ってやろうかと思うほど腹立ちを覚えた。窓口を見ると、香織が女性客と話を続けている。早くしないといけない。焦りが募《つの》る。

「とにかく難波課長にはご迷惑をおかけしません。私が全て責任をとります」

主水は強く言った。

「どうしたんだ？　何かあったのですか」

支店長の新田宏治《にったこうじ》が声をかけてきた。通常は二階の支店長室で執務しているが、そこから一階に下りてきたのだ。

新田は国立の名門T大卒のエリートである。四十代前半で高田通り支店長というのは期待されている証拠だという。次は本部の部長に栄転するだろうと、もっぱらの噂だ。クールビズは嫌いだと言い、隙《すき》のないスーツ姿でエルメスの高級ネクタイを締めている。

夏だからネクタイは不要じゃないですかと主水が聞いたことがある。すると、これがないと締まらないんですと軽くいなされた。

だからと言って部下にネクタイを強要することはない。気取ったところのある男だが、それほど悪い人間ではないようだ。部下や客からの評判もいい。部下の中には、新田が本部の部長に栄転して役員にでもなってくれれば自分も出世できると期待している者もいるようだ。

「オレオレ詐欺です」

主水は直立して、支店長に報告した。

新田の表情が一瞬にして険しくなった。

「本当ですか」

新田が、主水の隣に立っている難波に聞いた。詰問《きつもん》調になっている。難波はたじろぎ「いえいえ、主水さんが大げさに言っているだけかもしれません。まだ決まったわけじゃあ」と困惑《こんわく》した表情を浮かべた。

「支店長」主水は一歩前に踏み出し、「あの窓口にご来店のご年配の女性が、オレオレ詐欺に遭われようとしているのです」と香織の窓口の方を指し示した。

「あのお客さま……」

「はい。私は間違いないと思っておりますが、よしんば間違いであっても、事前に打てる手を打つべきだと思います。現金を払い出された場合、あのお客さまに同行してもよろしいでしょうか。後悔しないためにも、それが最善の方策です」

主水は、新田の目を見つめた。

支店長である新田に意見めいた発言をする主水に難波は驚き、おろおろしている。

「主水さん、あなたは一ヵ月前に当店に着任されたんですよね」

「はい。そうです」

「庶務行員にしておくのは惜《お》しいような方ですね。特例を認めます。被害が出ないようにやって、結果を報告してください。ただし、お客さまとは絶対にトラブルをおこさないでくださいよ。火《ひ》の粉《こ》がこっちに飛んでこないようにね」

「はい。気をつけます」

主水は頭を下げた。

「お任せください、支店長。不肖《ふしょう》、難波がお客さまをお守りします」

突如《とつじょ》、難波が胸を張った。

「ぜひ、頼みましたよ」

新田は微笑《ほほえ》みながら難波の肩を軽く叩いた。

「はいっ」

難波は腰が折れんばかりに低頭した。

主水は呆《あき》れた。なんと調子のいいことだ。まあ、サラリーマンとしては仕方がないことだが……。

新田が主水に視線を戻した。

「ところで主水さん、三雲《みくも》不動産さまはまだ来られていませんね?」

「はい。まだでございます」

すっかり忘れていた。九時半に三雲不動産の三雲豊喜《とよき》社長が来店する予定だったのである。三雲が現われたら支店長室に案内するのも主水の仕事だ。

「来られたら、すぐに二階の支店長室に案内してください」

「分かりました」

主水は腕時計を見た。今、九時十分。オレオレ詐欺問題を二十分以内に片付けねばならない。

主水は、あらためて新田の端整《たんせい》な顔を見つめた。

新田は、客がオレオレ詐欺の被害者になる可能性があるというのに、三雲不動産の訪問を気にしている。いったいどういうわけだろうか。自分を信頼してくれているのはありがたいが、支店長なら来客を断わるのが本当ではないか。それは余程《よほど》、三雲不動産が新田にとって重要な客だからだ。なぜそれほど重要な客なのか……。

主水はふと、最近、三雲不動産の三雲社長の来店が頻繁であることに思い至った。

新田は踵《きびす》を返すと、二階の支店長室に戻っていく。難波は再び腰を深く曲げ、その背中を見送った。

「さあ」難波は主水に振り向き「支店長がああおっしゃいましたからやらざるを得ませんが、私は一切《いっさい》、責任を負いませんからね」と言った。

「わかっています。私の責任です」

主水は言った。

「本当にわかっていますね。失敗したらクビですよ。支店長も客とはトラブルを起こすなとクギを刺されましたからね」

難波はいつまでもぶつぶつと言う。

「難波課長、もう時間がありません。私は香織さんの窓口で話を聞いてきますから、警察の件をお願いします」

「警察？　嫌だなあ……」

難波は情けないほど、表情を歪めた。

「よろしくお願いします」

主水は、難波の決断を促すように言った。

「やります！　やりますから。ああ、主水さん、三雲不動産の件はどうするの？　あなたの本来の業務ですよ。それをないがしろにしないでね」

「分かっています。ちゃんとやります」

これ以上、難波と話していても時間の無駄だ。主水は難波に背を向け、香織の窓口に急いだ。

数人の客がロビーの椅子に腰かけて、所在なげにしていた。雑誌や本などを持参している客はいいが、そうでない客は、窓口の女子行員をじっと見つめている。早く処理しろとばかりに見つめられていたら、女子行員にプレッシャーがかかるだろう。今度、難波課長に雑誌をロビーに置くことを提案してみようと主水は考えた。

「とにかく孫が急いでくれって言っているのよ」

女性客の声が聞こえた。カウンターから身を乗り出して、香織に詰め寄っている。状況は悪化しているのか。

主水は、女性客がカウンターに置いている通帳を素早く見た。名前は「畑中《はたなか》弥生《やよい》」となっている。

「失礼ですが、お孫さまが株で損したとおっしゃったのは本当でしょうか」

香織が笑みを浮かべながらゆっくりとした口調で聞く。

「本当も何もないわ。本人がそう言っているんですからね」

「これを見てよ」弥生はトートバッグからファックスを取り出し、カウンターに広げた。「特別情報。値上がり確実な未公開株情報を教えます……」と書かれている。「孫はね、ここに書いてあるアサミバンクという会社への投資を持ちかけられて損をしたらしいのよ。このままでは大変なことになるの」

「このファックスはどこで手に入れられたのですか？」

「孫から電話がかかってきて、それでファックスを送るからって」

「お孫さまからファックスですか？」

女性の話は切れ切れで要領が今一つ摑めない。香織がしつこく聞き出そうとすると、苛立って目が吊り上がり始めた。

「銀行の人が電話に出てね、お孫さんが指定された証券会社に即刻入金しなければ逮捕されるっていうのよ。孫は、電話の傍《そば》で泣いて喚《わめ》いているのよ。それでどんな投資話なのかって問い詰めたら、私だって騙されたくないからね、そうしたらこのファックスを送ってきたのよ。金融庁からの情報なのよ」

「失礼ですが金融庁はこんな情報を流さないと思いますが」

香織は冷静に言う。

「あのね、そんなことあなたにはわからないでしょう。孫の知り合いに、金融庁の職員がいるのよ。その人が孫に特別に提供したの。そう孫が言っていたわ。隣に証券会社の人もいて、孫をひどく責めているのよ」

「どんな様子ですか」

「どんな様子ってあなた、孫の名前を呼んでね。どうするんだ、このまま投資できませんではすまないぞ、金融庁を騙すことになるんだから、逮捕されてもいいのか、よしんば逮捕を免れても会社は確実にクビになるぞ、私たちが許さないからなって。もう孫は泣いて、泣いて、ああ、可哀《かわい》そうに……」弥生は一瞬、泣き出しそうになったが、気を取り直したのかキリッと表情を引き締めた。「もう、あなた、ごちゃごちゃ言わないでお金を出して。私の預金なんだから、あなたに色々聞かれることはないじゃないの。関係ないでしょ！」

「よくわかりました」香織はこれ以上、弥生を怒らせてはまずいと思い、一旦、引き下がった。「これだけお聞かせください。お孫さまがご本人であるかどうかは、どうやって確認されましたか」

「確認も何も、本人なのよ。私はわかるのよ」

弥生の表情がますます険しくなっていく。「お孫さんのお父さまかお母さまにご確認された方がいいと思いますが……」

「孫が言わないでって言うのよ。怖いんじゃない？　息子はともかく、嫁がね。孫の母親だけど、厳しいの。嫌な女なのよね。息子があの嫁を貰《もら》うことに反対だったの、私。息子より五歳も年上のくせに落ち着いたところもなければ、私への気配りもない。料理だってヘタクソなんだから。あんな料理を息子や孫が食べさせられているかと思うと、もう可哀そうやら悔しいやら。私が、ほんの少し料理のことや部屋の掃除のことに苦情を言ったのよ。そうしたら血相《けっそう》を変えて、邪魔者扱いするのね。嫌なら別居してください、料理も食べてもらわなくて結構です、掃除も気にくわないならお母様がおやりになったら如何《いかが》ですか、もうさんざん。息子は尻に敷かれて何も言えないの。私が、あなたの料理を食べているとしょっぽくて早死にしてしまうわ、と言い返したら、もう、鬼の形相《ぎょうそう》で、だったら早く死ねばいい！　そう言ったのよ。ええい、もう、思い出しただけで腹が立つ。あんな女を嫁に迎え入れたのは畑中家末代《まつだい》までの失敗だわ」

弥生は眉根《まゆね》に皺を寄せ、トートバッグのハンドルを引きちぎらんばかりに両手で固く握りしめている。息子の嫁に対する怒りが収まらない。

「お腹立ちはご理解いたしますが、それでもご確認されたらいかがでしょうか？」

香織は叱《しか》られるのを承知で再度言った。

「もうとっくに別居していますから無理なのよ。息子からも嫁からもここんところ一切、連絡なんてありません。こっちからだってしませんけど。ええ、するもんですか。夫の残した財産をあんな嫁に取られるくらいだったら孫に全部やってしまうわ。孫が株で失敗したなんて嫁に話したら、どんな目に遭うかわからない。殺されるわよ。言わないでほしいというのはもっともだわ。それにあの嫁はケチだから、孫を助けるお金なんかビタ一文出すもんですか。そんな女なのよ。ねえ、そんなことより、あなたね、時間がないの。早くして」

「最近、詐欺の被害に遭われる方が多いものですから。三百万円は大金ですし、申し訳ありませんが、心配になりまして、色々お聞きしております」

「あなた、私が騙されているとでも言うの！　孫が殺されるかもしれないのよ。ヤクザもいるに違いないわ。私に向かって、ばあさん、ここまで言って分かんないのか、お前、馬鹿《ばか》か、孫が泣いて頼んでいるだろう、お前、鬼か、鬼婆！　って恐ろしい言葉を投げかけてくるのよ。私だって怖くなって電話を切ろうとしたわ、そうしたら、それを見透かしたように、電話を切ってみろ、孫の首根っこを捕まえて、お前の家に今から押しかけるからな、どこへ逃げたって居所はわかっているんだぞって大声で言うのね。私の住まいも知られているのよ。もう、お願い。とにかく早くお金を渡して孫を助け出したいの。時間がないのよ」

弥生はついにカウンターを叩いて喚き始める。

詐欺に遭っているかもしれないという香織の疑問が、彼女のプライドを傷つけてしまったようだ。自分は絶対に騙されないと思い込んでいるため、他人の意見が全く耳に入ってこない。騙されている者に共通の傾向である。目が覚めるのは被害が確定してからだろう。

「お、お客さまが騙されていると申し上げたのではございません」

香織が主水に目配せしてきた。もうお手上げ、何とかしてという表情だ。

「お客さま、いつも当店をご利用いただき、ありがとうございます」

主水が弥生に呼びかけた。

弥生は突然割りこんできた主水に驚き、その大柄な身体を振《ふ》り仰《あお》いだ。

「あなたは?」

「多加賀主水と申します。お客さまのお手伝いをしております。当店では高額のお現金をお持ち帰りになるお客さまの安全を考えまして、行員が同行することになっております。安全第一ですから。それだけは規則ですので、ご了解お願いできますでしょうか?」

主水は有無を言わせぬ毅然《きぜん》とした態度で言った。

弥生の表情にわずかに戸惑《とまど》いが浮かんだが、「本当に? 規則なら仕方がないわね。とにかく早くしてちょうだい」と言った。

主水は香織に小さく頷いた。

香織には分かっていた。大金を持ち帰る客に同行するなどという規則はない。そんなに銀行は親切じゃない。もし持ち帰る途中に事故や事件に巻き込まれても、それは客自身の責任なのである。

主水は香織を手招きした。香織が近づくと主水は「模擬紙幣《もぎしへい》」と囁いた。

香織は、はっと息を呑んだかと思うと、不安げな表情を浮かべた。

模擬紙幣とは、銀行強盗などの際、本物の紙幣に紛《まぎ》れさせる偽物《にせもの》の紙幣だ。時にはそれだけを渡して相手を欺くこともある。

もし弥生がオレオレ詐欺に騙されていなかったら、模擬紙幣を渡したことは重大なミスとなるだろう。香織の表情は、大丈夫ですかと主水に問いかけていた。

主水はしっかりと香織を見つめ、頷いた。主水は全ての可能性を承知し、ミスを犯して客から叱責《しっせき》されることも覚悟しているのである。

「早くしてください。九時半までに駅前広場に行かなくちゃならないのよ」

弥生は時計を見ながら言った。表情が険しい。可愛い孫が危ない目に遭っていると思うと気が気でないのだろう。

「直《す》ぐに手続きをいたします。もう少しここでお待ちください」

香織は席を立った。現金——実際は模擬紙幣だが——を準備しにいったのだ。

主水は弥生の傍に無言で立っていた。弥生は何度も腕時計を見ている。

しばらくすると香織が紙袋を持って戻ってきた。主水が受け取り、袋の口を開ける。

「中身をご確認ください」

袋の中には百万円の束《たば》が三つ見えた。模擬紙幣だが、束の確認だけだと本物と見分けはつかない。

「いいわ。急いでください」

普通、客は中身を取り出して確認する。しかし主水が堂々と紙袋の中を見せたことで弥生は安心し、点検をしなかった。点検されれば、たとえどんなに精巧に作られていたとしても模擬紙幣だとばれてしまうところだった。主水も香織も安《あん》堵《ど》し、目を見合わせて小さく頷いた。

「粘着テープがあるでしょう。香織さん、袋の口を閉じてください」

主水が頼むと、香織は紙袋の口を粘着テープで閉じた。こうしておけば詐欺犯に中身を見られることはない。

「さあ、ご一緒しましょう」

主水は袋を抱えた。弥生が小走りに支店を出ていく。

今は九時二十分である。三雲の来店まで、あと十分。主水は紙袋をしっかりと抱え、弥生の後に続いた。

＊

高田馬場駅前の広場には多くの人がいた。ここは待ち合わせの場所として知られている。日中、これだけ人がいるところを現金の受け渡しに選んだのは、弥生を警戒させないためだろう。まさかこれほど明るい場所で犯罪が行なわれると人間は考えないものだ。

「ここにお孫さまが来られるのですね」

主水は弥生に聞いた。

「いいえ、友達を寄こすから、その人に渡してくれって言われました。とにかく急ぐからって」

弥生は心配そうに答えた。先ほど窓口で見せた険しさはいつの間にか消えている。反対に不安が滲《にじ》んでいた。待ち合わせの場所に立ってみて、ひょっとして詐欺ではないかと思い始めたのだろうか。

友達を寄こすと聞き、主水は百パーセント、オレオレ詐欺だと確信した。

オレオレ詐欺は単独犯ではない。詐欺集団が分業体制で運営しているという。

個人情報担当、電話担当、資金受領担当、全体統括、そして資金提供者などから成る。

その中でも資金受領担当の者は「受け子」と呼ばれる。電話担当などとは違う人物だ。全体統括を担《にな》うマネージャーが様々なルートで集めたアルバイトが大半で、詐欺の全体像は知らされていないことが多い。そのため、受け子を何人逮捕しても詐欺の主犯に行き着くことができない。なんとも上手くできている仕組みだ。

主水は模擬紙幣の入った袋を弥生に渡した。

「私がここにご一緒にいては、お孫さまのお友達という方が現われない可能性があります。私は、お客さまから離れたところに立っていますから、お客さまご自身が、その方に紙袋をお渡しください」

「私が……」

弥生の声が弱々しくなった。

窓口で香織に厳しく対応していたのとは様変わりしている。

「大丈夫です。何かあったら私が対応します」

「ねえ、やっぱり私、騙されているのかしらね。でも孫が本当に心配だから、どうしたらいいの。もし騙されたら息子に叱られるわ」

　弥生の不安はますます高まっている。

「畑中さまがお孫さまのことを心配なさるのは自然のことです。お孫さまを助けたい一心のお気持ちからされていることを責める人はいません。何も間違った行動をされているわけではありませんからね。大丈夫です。私がお守りします」

　主水は弥生の目を強く見つめ、彼女の手を自分の手で包んだ。

「あなた、いい人ね」

　弥生はやっと表情を緩《ゆる》め、トートバッグを腕に掛けると、紙袋を両手で抱えた。

　主水は弥生から離れた。時間は九時二十五分である。約束の時間まで、あと五分となった。

　銅像の傍に立って弥生を監視しているところへ、声がかかった。

「主水さん」

　香織だった。制服姿のままだ。

「香織さん、どうしたのですか」

「主水さんが心配で、仕事をちょっと代わってもらっちゃった」

香織はペロッと舌を出した。

「制服は目立つんじゃない？」

「大丈夫よ」

女子行員の制服は淡いブルーのシャツにグレーのベストとスカートだ。地味と言えば地味である。清潔感があるが、普通っぽい。

「まあ、いいですかね。私と話しているような振りをしていてください。自然にね」

「ねえ、主水さん」

「なんでしょうか？」

「畑中さん、可哀そうですね。息子さんのお嫁さん、奥さんね、その人から早く死ねとか、ひどいことを言われているみたいで……。それってモラハラって言うんじゃないですか」

モラハラとはモラルハラスメントの略だ。言葉などで精神的に追い詰めることを言う。

「昔から、嫁姑《よめしゅうとめ》の争いはありますが、あまりひどいとハラスメント、人権侵害ということになりますね。傍で聞いていましたが、畑中さんの家はかなりのものですね」

「モラハラのせいで罵倒《ばとう》されることに麻痺しているのかな。だから電話で詐欺師たちからあんなひどいことを言われても何も言い返せないで、自分と同じように孫が苛《いじ》められていると思いこんだのかも？」

「息子さんの奥さんへの憎しみが強いから、何としても孫を自分の手で助けたい、その一心なのでしょう。お優しいんですよ。それにしても息子さんもいけませんね。もっと畑中さんとコミュニケーションを取っていればこんなことにはならないと思います。家族のコミュニケーションが充分ならオレオレ詐欺がつけいる隙はないですからね」

時計を見た。九時二十七分。もうすぐである。警察官は来るのだろうか。周囲を見たが、その気配はない。

「二人でお客さまを見ていると犯人に怪しまれます。私は別の方向を見ていますから、香織ちゃんがお客さまを監視してください」

「オッケー」

香織は興奮した表情で答えた。

腕時計を見る。九時二十八分。あと二分で弥生が約束した待ち合わせ時間である。主水も香織も黙り込んだ。緊張した空気が二人を包む。

「主水さん、あれ」

香織が小声で鋭《するど》く言った。刺すような視線を一点に向けている。主水は香織の視線の先を辿《たど》った。

弥生に少年が近づいている。スーツ姿だ。

「随分《ずいぶん》、若くないですか？」

「ああ、おそらく高校生ぐらいだろうね」

スーツを着用してサラリーマンを装っているが、明らかに着慣れていない。肩先が身《み》の丈《たけ》に合わず、ぶかぶかと浮き上がっている。他人を信用させるためにわざわざスーツ姿になったというのがありありと伝わる格好《かっこう》であった。

少年は弥生に近づいた。笑顔を浮かべ、いかにも親しげに弥生に話しかける。

弥生も少年との会話に応じるが、こちらは依然《いぜん》として不安げな様子だ。もし弥生が主水のいる方に視線を振れば、少年が怪しむ恐れがある。

主水は動いた。足早に弥生の傍に近づく。

「すみません」

主水が割って入ると、少年の表情が強張った。目を大きく見開き、突然の出来事に驚いている。

「失礼ですが、こちらの方のお孫さんとあなたは、どういう関係なのですか？」

「えっ、いえ、すみません。ただお金を預かってこいと言われただけです。僕は……」

少年の視線が泳ぎ、声が震えている。主水は少年を強く睨みつけ、一歩踏み出した。香織は弥生の肩に手を乗せ、主水の背後に隠れた。

少年は咄嗟《とっさ》に、紙袋を抱えこんだ。くるりと踵を返すと、走り出そうと試みる。

「待て！」

主水は右手をすっと伸ばすと、少年のスーツの襟首《えりくび》を摑み、ぐいっと引き寄せた。

「あっ」

少年が叫び、もんどりを打って主水の胸元に倒れ込んできた。主水はそれを受け止めると、素早い身のこなしで少年の背後に回り、羽交《はが》い絞《じ》めにした。

地面に引き倒しても、少年はまだ紙袋を放そうとしない。主水は少年に馬乗りになり、両手でスーツの襟を摑むと、締め上げた。少年はようやく紙袋を手放し、主水の腕を摑んで、なんとか逃れようと必死にもがいている。苦しそうに顔を歪め、足をばたばたさせた。

「や、やめろよ」

少年は喘《あえ》ぎながら言った。

「お前は受け子だろう？」

主水は、さらに力を込めた。

「頼まれただけだよ。ババァから金を取ってこいって。放せよ！」

少年は居直ったのか、言葉遣いが乱暴になった。手足をバタバタと激しく動かし、何とか主水の腕の中から逃れようとしている。主水は、さらに力を込めて少年の首を絞めた。

少年の顔がうっ血したように赤くなった。抵抗が弱まっている。このまま絞め続けると気を失ってしまうだろう。主水は気道だけは確保するように絞めていた。

「ババァとは失礼です。息子の嫁みたいなことを言って！」

弥生が少年のわき腹を軽く蹴った。

「な、何しやがるんだよ。このババァ」

少年は弥生を睨み、罵声を浴びせた。

「孫はどうしたの？」

「ババァの孫なんか知らねぇよ」

「みんな嘘だったの。正直におっしゃい！」

「ああ、嘘も嘘。てめえみたいなクソババァが金持って死んでも仕方ないだろう。だから俺たちが使ってやろうと思ったんだよ。ババァ、わかったか！」

少年は苦しそうにしながらも無理に嗤《わら》っている。

「畑中さま、もう一発、蹴っておやんなさい。こんどは思いっきり」

主水はニヤリとした。

「いいの？」

弥生の顔にしたたかな笑みが浮かんだ。

弥生は右足を大きく後ろに引き、「えいっ」と叫ぶと、少年のわき腹を力の限りに蹴った。晴れ晴れとした表情になっている。

「いててぇ、や、やめてくれ。ほんと、勘弁《かんべん》してくれ。助けてくれ」

「残念だが、助けることはできないな」

主水は冷たく言った。

「あんた、何者なんだよ？」

少年は血走った目で主水を見つめる。

「私は、悪い奴を見逃すことができないおせっかい焼きさ。たかが一介の庶務行員に過ぎないが、年寄りを騙すような悪い奴は許さない」

少年は「うっ」と唸り、一瞬、目を剝いた。主水の腕を叩いていた手が、だらりと地面に落ちる。

主水は迷った。受け子を警察に突き出すべきか、それとも金の受け渡しを聞き出して詐欺の主犯に迫るか。

周囲に人が集まってきた。喧嘩《けんか》だ、喧嘩だと騒ぐ者。スマートフォンで映像を撮っている者……。

人だかりの向こうに、高田通り支店へと歩いていく三雲社長の姿を捉《とら》えた。高田通り支店がトラブルを起こしていると知られてはならない。取引に支障《ししょう》があるかもしれない。それに、三雲を支店長に取り次ぐのは、主水の庶務行員としての本来の業務だ。

「あなた、孫とは全く関係ないのね」

弥生が少年に問《と》い質《ただ》した。

「すみません。僕、何も知らないんです」

少年は、ついに涙を流し始めた。手足をばたつかせる余力もなくなっていた。弥生の足元がふらついた。緊張が急に解けてしまったのだろう。

「大丈夫ですか」

香織が崩れそうになる弥生を支えた。

「どきなさい。どきなさい」

野次馬《やじうま》たちを掻き分けて、二人の警察官が現われた。難波も一緒だ。

「お巡りさん、こっちこっち」

香織が呼びかけた。

主犯の追及は警察に任せよう。少年を警察に引き渡すと、主水はこっそり群衆を抜け出し、三雲社長の背中を追った。

＊

「大活躍でしたね」

鎌倉春樹《かまくらはるき》副支店長が、これ以上ないという笑顔を主水に向けた。

鎌倉は実直を絵に描いたような人物だ。カーブしている道を角ばって歩くほどの男である。しかし、武術には長《た》けていて柔道の有段者だという。

「はっ、私が警察に連絡いたしました」

難波が一歩前に出て、人差し指で自分自身を指差した。

「君のことじゃないよ。主水さんだ。君は主水さんの指示に従っただけじゃないのか」

鎌倉は顔をしかめ、難波を手で払った。自分の手柄をことさらに誇示《こじ》しようとする難波の態度が許せない様子である。

「難波課長が警察官を早めに呼んでくださったので、非常に助かりました」

主水は難波の方を振り向き、笑みを浮かべた。難波は、主水の助け舟に力を得たのか、胸を張った。

「いずれにしても畑中さんは偉く感謝されていました。あのあと、すぐに息子さんが来られてさ。お孫さんのお父さんね。本当に恐縮《きようしゆく》されていて、母が騙されずに済みました、これからはもう少し母とコミュニケーションを取るようにいたしますってさ。息子さんはトヨヒラ自動車の部長さんですよ」

「へぇ、あの世界一の自動車メーカーですか」

難波が驚いた。

「定期預金口座を作りますって。ありがたいですね」

「それは良かったですね」主水が嬉しそうに微笑んだ。「ところであの受け子の男は高校生だったんじゃないですか？」

「実は、そうなんです」

鎌倉は身を乗り出してきた。

「えっ、高校生ですか？　世も末ですなぁ」

難波が嘆《なげ》いた。

「君はまだいたの。もう仕事に戻りなさい」

鎌倉は、顔をしかめ、再び手で払う仕草《しぐさ》をした。難波は悄然《しょうぜん》として席に戻った。

「いいバイトがあるからって誘われたそうだよ。いいバイトっていっても、詐欺の片棒担《かたぼうかつ》ぎじゃあね。どうしようもありません」

「最近はモラルというものがすっかりなくなりましたね」

主水は暗い顔で言った。

「ほんとだね。まっ、とにかく良かった。それにしても主水さんがあんな若い男を取り押さえるなんて驚きました。武術の心得《こころえ》があるんですな」

「いえ、それほど自慢できるものでもありません」

「いずれ警察から表彰があると思いますからね」

鎌倉は主水の肩を軽く叩いた。

「ありがとうございます」

頭を下げようとした時、新田支店長が一人の男性客とともに二階の支店長室から出て、階段を下りてくるのが目に入った。

男性客は、三雲不動産の三雲豊喜社長だ。三雲不動産は、高田通り支店の最大の取引先である。二代目社長の豊喜は、まだ四十代半ばだろう。すらりとした長身を、地味すぎるほどの黒いスーツで包んでいる。眉が太く、野性的な顔立ちだ。

——それにしても、相当長い時間、会っていたな……。

三雲が来店したのが九時四十分過ぎだから、二時間以上も話していたことになる。多忙な新田支店長にすれば珍しい。それにしても最近、三雲と会う頻度が高すぎる。昨日も、一昨日《おととい》も来ていた。そして二人きりで会っている。何かあるのか。

三雲を見送った新田が主水に近づいてきた。満面の笑顔だ。鎌倉からオレオレ詐欺犯逮捕の報告を受けたのだろう。機嫌《きげん》がいい。

新田が主水の前に立った。

「よくやってくれました。たいしたものですね」

「ありがとうございます」

「あなた、只者《ただもの》ではありませんね」

「いえ、そんなたいしたものじゃありません」

主水は恐縮しつつ、警戒した。どうも人が困っているのを見ると放っておけず、行動を抑えられない。あまり余計なことをすると、目立ってしまう。自重《じちょう》しなければならないと自分に言い聞かせた。

「あなたの水際《みずぎわ》立《だ》った危機管理、その手際の良さ。本当に庶務行員にしておくのは惜しいですね。私の秘書になってほしいくらいです。これからもよろしく頼みますよ」

新田は主水を見つめた。

「騒ぎになってしまい、三雲社長が不審に思われてはいなかったでしょうか」

主水は謝罪した。

「大丈夫です。あなたが丁重《ていちょう》にご案内してくれたお蔭《かげ》でね。充分に話ができました」

新田は満足そうな笑みを浮かべた。三雲との会見で、大型案件でも決定したのだろうか。足取りも軽く、二階の支店長室へと戻っていった。

いずれにしても、新田が長時間、三雲と話し込んでいたことを、あの男に報告しなければならない。オレオレ詐欺の件は、報告するのはやめておこう。「それはお前の仕事ではない」と叱責されるだけだ。

＊

細い通路を店員が忙しく行《い》き交《か》っている。その日の夜、高田馬場駅前の繁華街にある居酒屋は盛況だった。最近、人気が沸騰《ふっとう》して手に入りにくい日本酒の獺祭《だっさい》を飲ませるということで評判なのだ。

「いやいや、この度は、我が高田通り支店始まって以来というオレオレ詐欺犯逮捕のお祝いです。鎌倉副支店長から予算が出ていますからね。思う存分飲みましょう」

宴会部長の異名《いみょう》をとる難波が調子よく言った。

「いえぃ！」

香織と美由紀が同時にVサインを作り、嬉しさを爆発させた。

「今回は私も相当、貢献《こうけん》しましたからね。飲ませていただきますよ」

難波が胸を反らせた。

「ええっ」香織が身体を仰け反らせて大げさに驚いた。「課長、何もしてないじゃないですか」

「そんなことありません。警察官を呼んでくるのは大変ですよ。事情を説明したって分かってくれないですからね。日頃、懇意《こんい》にしている副署長さんに何度も頭を下げたんですから」

「ありがとうございます。お蔭で助かりました。警察官が来てくれなかったら、あの男を取り逃がしたかもしれませんから」

主水は難波に丁寧《ていねい》に頭を下げた。

「ねっ。主水さんはちゃんと分かってくれてます。ありがたいですね」

難波は嬉しそうに言い、「はいはい、刺し身の盛り合わせですよ。さつま揚げ。野菜の天麩羅《てんぷら》。珍しいのは泥鰌《どじょう》の丸揚げ。他には何か頼みますか」と店員が運んできた料理をいそいそとテーブルに並べる。仕事では見せない気働きだ。

今夜の席には美由紀も同席してくれた。香織と仲が良く、難波が誘うと二つ返事だったという。高田通り支店の二枚看板娘が揃ったことも難波の機嫌を良くしていた。

「サラダが欲しいでぇす。ジャコサラダ」

香織が言う。

「私、ポテトサラダが良いでぇす」

美由紀が言う。

「獺祭にポテトサラダは合うのかな」主水が首を傾げた。女性は何かというとサラダを頼む傾向がある。「私は酒盗《しゆとう》でもいただきましょうか」

「酒盗？　それって何ですか」

美由紀が聞いた。

「酒盗とは、カツオの内臓の塩辛《しおから》です。あまりに美味《おい》しくて酒が進んで仕方がないというところから、酒を盗むという、この名前がついたらしいです」

主水が説明した。

「かっこい」美由紀は両手を胸の前で合わせ、神に祈るような格好で主水を見つめた。「主水さんてザ・酒飲みって感じですね」

「主水さん、本当にかっこいいのよ。犯人をあっという間に組み伏せちゃったんだから。その後、悪い奴は許さないって、がつんと一言。素敵だったな」

香織が勢い込んで囃《はや》し立てた。

「たいしたことじゃないです」

主水は目を伏《ふ》せた。

店員が生ビールを運んできた。難波が料理の追加を注文し、「さあさ飲みましょうか」と主水たちの前に生ビールを置いた。

「まずは乾杯《かんぱい》しましょう」

難波が生ビールのグラスを持ち上げた。

「乾杯！」

難波が声を張り上げる。

「乾杯！」

皆が声を合わせる。

ビールの次は、難波が事前に店に言って確保させていたという獺祭が運ばれてきた。よく冷えている。この日本酒はワイングラスで飲む。

「わあぁー。白ワインみたい」

香織が感嘆《かんたん》の声を上げる。

「そうだよ。実際、海外の人は、白ワインのようにして飲んでいるらしいね」

難波が知ったかぶりの知識を披露《ひろう》した。

「美味しい！」

香織と美由紀が目を細めた。

「ところで主水さんは、柔道か何かの心得があるんですか」

難波がグラスを傾《かたむ》けながら聞いた。探るような目つきである。

「いえ、たいしたことはありません」主水は首を横に振り、空のワイングラスを掲《かか》げた。「私はワイングラスではなくて日本酒グラスをもらってもいいですか。どうもこのワイングラスじゃ……」

「わかりました。すぐに取り替えましょう」

難波は呼び鈴を押し、店員を呼んだ。主水はほっとした。話題を変えることができたからである。

酒が進んだ。

「ねえ、主水さん」香織が聞いた。目の周りがほんのりと赤らんでいる。

「何でしょうか」

主水は、日本酒グラスで獺祭をちびちびと飲みながら、酒盗をつまんでいた。

「あのね、うちの銀行には、なんていうのかな、スパイ？　いや、ＣＩＡみたいな組織があってね、密《ひそ》かに行員の動向を探っているって噂があるんですが、知ってますぅ」

「なにそれ！　ＣＩＡ、いやだなぁ」

酩酊《めいてい》した様子の美由紀が大げさに驚いた。

「私もその噂、聞いたことがあります。トップ直轄《ちょっかつ》の特殊機関だとか」難波が意味深《いみしん》な口調で割り込んできた。「彼らは合併に批判的な行員を摘発して、闇から闇へ葬《ほうむ》り去《さ》るらしいですよ」

「いやだぁ。こわい！」

美由紀がまた大きな声を上げた。しかし獺祭がたっぷりと満たされたワイングラスはしっかりと握っている。

「合併が上手く行っていませんからね。私たち一般行員は関係ないですが、幹部連中は第七だ、明和だとか言って喧嘩ばかりしています。だからＣＩＡがいるぞっていうような話が、まことしやかに伝わるんでしょうね」

難波が顔をしかめた。

「嘘なんですか」

香織が難波に詰め寄った。

「いやぁ」難波はたじろいだ。「嘘だとは断定していないよ。誰も見たことはないからね」

「もしそんな奴が本当にいたら、ねぇ」香織が酔眼《すいがん》で主水を見つめた。「きっと主水さんがやっつけてくれますよね。こてんぱんに」

「そうよ、必ずやっつけてくれるから。えい！　やっ！」

美由紀がワイングラスを持ったまま見えない相手と格闘し始めた。

「美由紀ちゃん、危ないですよ」

難波が慌てて向かいに座る美由紀からワイングラスを取り上げた。

「ＣＩＡか……」

主水は呟《つぶや》いた。目の前に座った香織が居眠りを始めている。「悪い奴は、こてんぱんにやっつけてやりますよ」

主水は、日本酒グラスをひと息に空《あ》けた。

# 第二章　セクハラに喝《かつ》

一

タクシーが停《と》まった。

後部座席のドアが開き、男が出てくる。男は獲物《えもの》を狙う猛禽類《もうきんるい》のように忙《せわ》しなく首を左右に動かし、周囲に人がいないことを確認した。

新宿《しんじゆく》歌舞伎町《かぶきちよう》は日本有数の繁華街《はんかがい》だが、表通りから離れると人通りが極端に少なくなる。

目の前には小さな公園があるが、深夜ともなれば全く人気《ひとけ》はない。背後にはホテルが三軒ほど並んでいた。バブル時代は、この公園に多くの街娼《がいしよう》がいたものだ。その国籍は多様だった。中国、ロシア、ポーランド、ベトナム……。さながら国際会議の様相《ようそう》を呈《てい》していた。彼女たちは酔漢《すいかん》に声をかけ、捕まえ、ホテルに入り、一夜の睦《むつ》みごとにいそしんだ。今は昔。彼女たちの姿は消え、通りは静けさを取り戻していた。

男は後部座席に手を伸ばした。若い女がその手を摑《つか》む。女は、男に手繰《たぐ》り寄せられ、タクシーから外に出された。足元がおぼつかないのだろう、ふらふらと身体《からだ》を前後に揺らし、男の手に縋《すが》ったまま、突然、車道上にしゃがみ込んだ。

タクシーが去った。

男の顔が街灯に照らされる。薄笑いを浮かべた男は、空《あ》いた手で女の腕を鷲摑《わしづか》みにすると、力を込めて引き寄せた。女がゆらゆらと立ちあがった。女の顔は苦悶《くもん》に歪《ゆが》んでいる。今にも胃の内容物を吐瀉《としゃ》してしまいそうな表情である。

男が女の耳元で何事か囁《ささや》いた。そして女の腰に手を回すと、ゆっくりと歩き始めた。男は、女の耳に息が吹きかかる距離で、なおも話しかけ続けている。女の首は据《す》わっておらず、時折がくんと後ろに倒れる。眠ってしまったのだろうか。

ホテルの入り口は植え込みに隠されている。男は女を再度、強く自分の胸板に押し付けるように抱きかかえると、ホテルに入っていった。

## 二

その日も多加賀主水は、朝一番で第七明和銀行高田通り支店の入り口を掃除《そうじ》していた。夏も盛りの八月、気温は朝から二十五度を超えている。

「おはようございます」

行員たちが次々と出勤してくる。彼らと弾《はず》んだ声で挨拶《あいさつ》を交わすこの時間が、一日の内で最も気持ちがいい。

主水は庶務《しょむ》職の銀行員である。支店の清掃や客の案内などの雑務をこなし、融《ゆう》資《し》や預金《よきん》を担当する事務職を補助している。

朝の挨拶は、特に定められた職務ではないが、主水は大事にしていた。「おはようございます」の一言だけなのに、そこから多くの情報を得ることができるのである。

元気に「おはようございます」と返してくれる者は、心身ともに充実していることがわかる。

「主水さん、昨日《きのう》、支店長に褒《ほ》められちゃいました」と喜んで報告してくれる行員もいる。彼ら彼女らの朝の笑顔こそ、支店が順調に運営されているかどうかのバロメーターと言えるだろう。

いつも七時半には出勤してくる椿原美由紀が、始業の八時半ぎりぎりになって現われた。

「美由紀さん、おはようございます」

美由紀は営業一課に属し、主に個人客を担当している。上品な顔立ちで、良家のお嬢様《じょうさま》タイプである。

しかし今日は、トレードマークである潑剌《はつらつ》さが感じられない。曇天《どんてん》の空に浮かぶ雲さながら、重苦しい雰囲気《ふんいき》である。

「あれれ、今日は疲れていますね」

主水は微笑《ほほえ》みながら話しかけた。

「やっぱり……」と美由紀は頰《ほお》に手を当てると「疲れが残っていますか」と眉根《まゆね》を寄せた。

「夜遊びはいけませんよ」

「そんなんじゃないんです」

「残業ですか？　月初から」

「大門課長恒例の月初の飲み会です」

美由紀が苦虫《にがむし》を噛《か》みつぶしたような顔をした。

「例の飲み会ですか？」

以前、美由紀から聞いたことがある。大門功営業一課長は、決まって月初に課員を集めて、カラオケ付きの飲み会を開催するのだ。

大門は、私立名門の慶明大出身で、エリート臭ぷんぷんの男である。父親が東証一部上場の自動車メーカーの副社長だとも言われており、自ら「末は頭取《とうどり》だ」と厚かましく公言して憚《はばか》らない。

「そうなんです。もう嫌になってしまいます」

美由紀は、悄然《しょうぜん》として肩を落とした。

「断わればいいじゃないですか」

嫌な酒の誘いは断わればいい。酒は楽しく飲むものだというのが、主水の持論である。

「そんなことをしたらどんな意地悪をされるか分かりません」

「大変ですね」主水が同情の苦笑を向けた時、視界の隅に大門の姿を捉《とら》えた。

「ご登場です」

美由紀はちらりと後ろを振り向いた。

「急がなくちゃ。主水さん、ここで愚痴《ぐち》ったこと内緒ですよ」

美由紀は、細くしなやかな人差し指を唇《くちびる》に当てた。

「委細、承知の介です」

主水は笑みを返した。

急ぎ足で行員通用口へと走っていく美由紀と入れ違いに、大門が主水の前に仁《に》王立《おうだ》ちした。

「主水さん、おはようございます」

一礼した主水の足もとに、ぽとりと煙草《たばこ》の灰が落とされた。見上げると、大門は煙草を指に挟《はさ》んでいる。

「課長、歩き煙草は条例で禁止されています。町の人が見ていますからやめてください」

主水はきつく言った。せっかくきれいに掃《は》き清めたというのに、煙草の灰は目《め》障《ざわ》りだ。

「すみませんねぇ」

大門は足を伸ばすと、黒光りする革靴の底で煙草の灰を踏みつぶした。白いコンクリートが黒ずむ。

「何をするんですか?」

主水は慌《あわ》てて箒《ほうき》で掃いたが、黒ずみは取れなかった。後でモップを使って水洗いしなくてはならないだろう。

大門は、必ずと言っていいほど煙草を吸いながら出勤してくる。時には、吸殻《すいがら》を主水が掃除をしている目の前に捨てることもある。

「あれ、私のジョンロブの革靴が汚れてしまった」

ジョンロブは、高級革靴のブランドだ。

「いい加減にしてください。掃除する身にもなってください」

「えっ、主水さんは掃除をするのが仕事じゃないですか。私のような人間がいるから仕事が途切れなくていいんでしょう。それじゃあ、今日もいい日で」

大門は、車道に向かって吸殻を指で弾《はじ》いた。吸殻は放物線を描き、歩道に落ちた。

「大門課長! 何をするんですか。ご自分で拾ってください」

主水は腹に据《す》えかねて、厳しい口調で言った。

「急ぐからすみませんね。後で拾いますから」

ロレックス製の腕時計で時間を確かめると、大門は全く悪びれることなく行員通用口へと闊歩《かっぽ》していった。

「くそっ」

主水は抑《おさ》えていた怒りを吐き捨てた。庶務行員としての立場がなければ、大門を路上に引き倒して何発も拳《こぶし》をお見舞いしているところだ。

主水は塵取《ちりと》りを構え、箒で吸殻を掃き取った。

空を見上げた。早朝にもかかわらず真夏の太陽が町をじりじりと焦《こ》がし始めている。今日も暑くなるのだろう。今年の暑さは異常だ。誰もがおかしくなってしまう。いっそ暑さのせいにして大門を殴《なぐ》ってやろうかしらん、と主水は物騒《ぶっそう》なことを考えた。

その日、最後に出勤してきたのは、今年入行したばかりの大久保杏子《おおくぼきょうこ》だった。営業一課に配属され、大門の下で美由紀と同じように個人客を担当している。

始業時間まで残り二分もない。新人である杏子はたいてい七時頃、主水の次には出勤する。早く来て課長や先輩たちの机を拭《ふ》くのも、彼女に与えられた重要な役割だからだ。

「主水さん、おはようございます」

杏子の声に力がない。

主水はすぐに察した。美由紀と同じく昨夜、大門のカラオケ付き飲み会に付き合わされたのだろう。

「昨夜は大変だったね」

主水はにこやかに言った。

杏子は目を丸くして主水を見上げると「失礼します」と逃げるように走り去った。

「はて？　どうしたのかな」

主水は杏子の後ろ姿を訝《いぶか》しげに見つめた。

＊

ずずずっと勢いよく蕎麦《そば》を啜《すす》る音が、会長室内に響く。

「綾小路君、昼は蕎麦に限るな。君はいつも何を食べておるのかね」

第七明和銀行会長の権藤幾多郎は、口いっぱいに頬張《ほおば》ったものを満足げに嚥下《えんげ》すると、専務の綾小路英麻呂に訊《き》いた。

「はあ、私は、会食の予定が入っている時以外は、役員食堂で定食を食べております」

綾小路は蕎麦を口中に含んだまま答えた。その声は沈んでいる。

権藤の蕎麦好きは、行内といわず財界でも有名だった。三食蕎麦でも構わないという。自分が健康で精力が衰《おとろ》えないのは蕎麦に含まれているルチンのおかげだと、権藤は信じて疑わない。

「役員食堂で他の役員と顔を合わせて飯を食うなど、鬱陶《うっとう》しい限りだ」

「はあ、その通りですが、役員同士のコミュニケーションも大事ですから」

三十三階建ての第七明和銀行本店ビルには、十八階に一般社員向けの食堂が、三十階に役員専用の食堂がある。

原則として、役員は役員食堂で食事を摂《と》ることになっているが、利用者は多いとは言えない。役員同士で食事をすると、ついつい仕事の話になってしまうからである。さらに間の悪いことに、旧第七銀行の役員と旧明和銀行の役員が同席してしまった日には、一言も発せないような気まずい雰囲気になってしまう。

「明和の連中と一緒に食事をするなど、私には考えられん。ところで、明和潰《つぶ》しの戦果はどうだね」

天麩羅《てんぷら》を咀嚼《そしゃく》する権藤の視線が、にわかに鋭《するど》くなった。

「明和の執行役員候補であった銀座支店の垣山一郎《かきやまいちろう》支店長を一般会社に出向させました」

「ほほう」権藤は箸《はし》を止め、大きく頷《うなず》いた。「彼の名前は聞いたことがある。なかなかできる男だと聞いていたがね」

「できる男の芽は、早めに摘んでおかないといけません。特に集中して情報を集めましたところ、営業部次長の時代に客に誘われるままタダゴルフをやっていたことが分かりました。ゴルフ好きなようです」

綾小路は淡々《たんたん》と話を進めた。

「それで、どうしたのかね」

権藤は箸を置き、わずかに身を乗り出した。

「客の方に手を回しまして、人事部にタダゴルフの領収書を持っていかせ、苦情を入れました。人事部は慌てまして……」

「明和のことだ。握《にぎ》り潰そうとしただろう」

「はい」綾小路は権藤に倣《なら》って箸を置き、「そこで、コンプライアンス部にも同じ領収書を持って苦情を言わせました。あそこの部長は第七ですから。これで表沙汰《おもてざた》になり、これ」首に手を当てた。

「チョッキン、かね。君も怖いね。私のことは調べないでくれたまえ」

権藤は機嫌《きげん》よく声に出して笑った。

「御意《ぎょい》にございます」

綾小路は静かに頭を下げた。

「これで何人、明和の人材を潰したのかね」

「四人でございます」

「我が第七側の裏切り者はどうした？」

権藤の問いかけに、綾小路は表情を陰《かげ》らせた。

「ゼロと言いたいところですが、ゼロではございません」

「そうか……」

「明和の誘いに乗って、第七の利益を阻害《そがい》した者がおります」

「何をしたのだね」

権藤は小鼻を膨《ふく》らませ、荒い息を吐いた。

「執行役員営業第二部長、北村信吾《きたむらしんご》です」

「おお、あいつか。こんど常務にするんじゃないのか」

「その予定でしたが、失脚《しっきゃく》させないと収まりません」

「いったい何をしたのだ」

「過去の女の問題が火を噴《ふ》き出しました。北村の部下指導が厳しかったようでして、ある部下が北村を失脚させるべく、過去のスキャンダルを旧明和側に持ち込んだのです。北村は、茅場町《かやばちょう》支店の副支店長時代に女子行員に手をつけて妊娠《にんしん》、堕胎《だたい》させておりました。そのことを暴露《ばくろ》されたのです。情報を売り込んだ北村の部下は、渦中《かちゅう》の女と親しかったようです」

「防げなかったのか。北村の醜聞《しゅうぶん》ならば私も知っている。あいつの失脚は惜《お》しい。女の問題は過去の話だろう。今さら問題にするのはおかしいではないか」

権藤は、一息に蕎麦湯を飲み干した。

「秘密調査員から、北村の部下指導が余りにも厳しく、部内に不満が充満しているとの報告がありました。その点、本人にも重々注意をしていたのですが……」

綾小路は唇《くちびる》を嚙み、俯《うつむ》いた。

「分かった。北村もそれだけの男だったということだな。裏切り者を事前に見つけ出すというより、北村が裏切り者を作り出してしまったということか。仕方がない」権藤は蕎麦湯の椀《わん》を置いた。「そういえば、どうして高田通り支店から三雲不動産の報告が遅れたのかね。一ヵ月も君が握っていたのか」

権藤の鋭い指摘に、綾小路は弾かれたように直立すると、頭を下げた。「申し訳ございません。現場からは報告が来ておったのですが、私が重要性を認識しておりませんでした。私のミスです」

「君は三雲不動産のことを忘れてしまったのかね。あれは我が方の恥部《ちぶ》だよ」

権藤が、切れ長の目を綾小路に向けた。その視線に射抜《いぬ》かれた綾小路は、息を詰まらせた。

——早く手を打たねば、私が殺《や》られてしまう……。

*

銀行の支店は、午後三時に閉店する。ATMなどの機械類は二十四時間稼働《かどう》しているが、窓口のシャッターが下りるのは有無《うむ》を言わさず午後三時なのである。中には午後七時まで営業する銀行などもあるが、それはあくまで例外だ。銀行法施行規則という法律で、銀行は午前九時から午後三時までと定められているのである。

主水は、銀行に勤め始める前までは、三時で店じまいできるとは、なんて楽な仕事だろうと思っていた。

しかしそれは大きな間違いだった。午後三時から、急激に仕事が忙しくなるのである。

三時までにこやかな笑顔を見せていた窓口担当の生野香織は、急に目を吊《つ》りあげる。他の窓口担当も同様だ。窓口担当に限らず、事務職員全員がきりりとした表情になり、動きが激しくなる。あの昼行燈《ひるあんどん》とも称すべき難波俊樹課長でさえ、目をぱっちりと見開き、若返ったかのように張りのある声で指示を出す。

「現金の間違いはないか」

「伝票の入力洩《も》れはないか」

難波の指示に応じて、窓口担当の香織たちは次々に「現金、合いました」などと声を張り上げていく。

窓口担当は、手元の金庫を用いて、客との間で現金のやり取りを行なう。開店時に用意していた現金と、午後三時までの取引で出入りした額を計算すると、いくら金庫の中に残っているかが算出できる。この計算上の値と、実際に手元の金庫に残った金額とがぴったり合致すれば、間違いがなかったことになる。この瞬間、窓口担当は、ようやくほっと気持ちを緩《ゆる》めることができる。

しかし、もし現金に一円でも誤差があれば大問題である。客との現金の受け払いを間違ったか。それとも伝票を紛失《ふんしつ》したか。どこかに間違いがあったことになる。

現金だけではない。窓口で受け付けたり、営業担当が客から預かったりした手形や小切手類も、手形交換所に持ち出さねばならない。四時頃には銀行の事務センターの車が支店に到着する。この時までに、支店には置けない多額の現金や手形、小切手類を取りまとめ、車に載せて運び出すのである。分刻みの慌ただしさだ。

それらが無事済めば、支店で取り引きされた全ての伝票を、コンピュータから弾き出された取引数字と照合する。この一連の処理スピードが、支店の事務処理能力の高さを示す指標だ。早ければ早いほど、支店の成績が向上する仕組みになっているのである。

銀行員は大変だなぁと主水は思う。分刻み、否《いな》、秒刻みの時間に追われて顔を上げる暇もない。何もかもがシステマティックに動くように仕組まれ、少しの狂いも許されない。

主水がかつて生業《なりわい》としていた宅配便の配達も、効率よく配るためには車に荷物を積む順番などに工夫を凝《こ》らさねばならなかった。しかし、全ては自己責任だ。工夫が上手《うま》くできず、業績が悪化した配達人は、淘汰《とうた》されるだけだ。

一方、銀行は、チームを重視する。間違いが起きればチームで責任を負わねばならない。一日の取引勘定《かんじよう》を計算し終えた時、間違いがあれば支店全員が責任を持って処理しなければならないのである。

主水は、行員たちが忙しなく動いている間を縫って、支店内外の清掃、ロビーの椅子《いす》の整理を担当する。車に現金や小切手類を積み込む際には、警備役として立ち会う。

ロビーの時計が五時を示すと、ようやく一日の終わりである。

香織は、窓口で客にセールスの電話をかけ終えたところだった。

「無事、一日が終わりましたね」

主水が香織に声をかけた。

「そうでもないみたいです」

香織が浮かない顔を見せた。

「どうしたのですか？」

「一万円、現金が合わないみたいなんです」

「それは大変ですね」

「一万円以上合わないと、検査部への報告が必要になるんです」

検査部というのは、銀行の事務が手続き通り間違いなく行なわれているかを検査する部だ。

検査部には支店長などを経験したベテランが所属しており、支店を厳しく指導する。支店から見れば、極めて恐ろしい部なのだ。

「早く間違いの原因が見つかるといいですね」

「今夜、美由紀たち何人かと食事に行くことになっているんですよ。行けないかも……」

香織は、これ以上ないといった憂鬱《ゆううつ》な表情を浮かべた。間違いの原因が判明しないと、全員が帰宅できない場合もある。

「どこまで原因が判明しているんですか」

「まだ、なんとも。由梨絵《ゆりえ》の窓口で現金が余っているみたいですが……」

天沼《あまぬま》由梨絵は、入行三年目の行員だ。窓口に配属になってまだ半年である。業務に慣れていないのかもしれない。難波や他の女子行員が由梨絵の窓口の近くに集まって、伝票をチェックしている。誰もが険《けわ》しい表情だ。

難波課長が伝票を睨《にら》んでいるところに、副支店長の鎌倉春樹がやってきた。

「難波さん、原因は分かりましたか？」

「副支店長、まだ分かりません。どのお取引先で間違ったのか……」

「そうですか」

現金が不足するより、余る方が銀行にとっては問題が大きい。現金が不足した場合は、〝現金その場限り〟の原則で、銀行が損失を被《かぶ》ることになる。ところが銀行に現金が余ってしまった場合、誤って現金を少なく渡してしまった客との間で、トラブルになるおそれがあるのだ。

当の由梨絵は、今にも泣き出しそうだった。

「どうしましたか？」

人だかりを認めて、支店長の新田宏治も来た。

「はっ」と鎌倉と難波が直立不動の姿勢を取った。「現金が一万円、合わないのであります」

「一万円ですか。検査部に要報告ですね」

新田の表情が曇《くも》った。

「はあ」鎌倉が肩を落とした。「せっかくここまで事務ミスなしで来ておりますので、事務表彰は確実かと思っておりましたが」

銀行は、半期ごとに支店の業績を表彰する。とりわけ事務面が優れていれば、事務表彰を受けることができる。当然ながら検査部に報告するようなミスを起こせば、受賞は叶わない。

「大門課長を呼んでください」

新田が言った。

「大門課長ですか？」

支店長直々《じきじき》の指示に、難波は狼狽《ろうばい》のあまり声を張り上げた。

「営業一課の応援を得て、早く解決してください。さきほど覗《のぞ》いたら、営業一課はもうノンビリ帰り支度《じたく》をしているようでしたからね」

高田通り支店の営業は、外回りの営業を担《にな》う一課と、融資関係の二課とで成り立っている。中でも一課は営業の要《かなめ》だ。

「分かりました」

頭を上げた難波と、遠くに控える主水の目が合った。

「私が呼んできましょう」

主水が申し出ると、難波は安堵《あんど》の笑みを浮かべた。「お願いできますか？　主水さん」

主水は風のように階段を駆け上がり、営業一課のフロアに入った。

営業一課長の大門は、主水が最も嫌いな部類の男である。エリート意識をぷんぷんさせて、主水のような下働きの人間をバカにしているからだ。

大門の部下は六人。そのうち女性は美由紀と杏子だ。二人の男性課員と杏子が、外回りから帰ってきていた。美由紀はまだ外出中のようだ。杏子は、自席で伝票を記入している。大門は、杏子の姿を見るともなしに、一人の男性課員と談笑していた。

主水は大門の前に立った。

「何か用？」

大門が主水を見上げた。

「業務課で現金が一万円合わないんです。調べるのを営業一課にもお手伝いして欲しいのですが」

「俺たちが手伝うの？」

大門は、素《す》っ頓狂《とんきよう》な声を上げて自分を指差した。

「はい。営業一課も業務課に集金現金などをお渡しになっていますから。無関係ではないと思います」

主水は大門を見つめた。

「気にいらないよね、なぁ」大門は、談笑していた部下に同意を求めた。「主水さん、あなた何さまなわけ。庶務行員でしょう。私に命令するの？　そんな権限あるの？　帰ってくださいよ。忙しいんだから。それにこの後、飲みにいく予定があるんだからさ」

「私が命令しているんじゃありません」

「へぇ、じゃあ誰なのさ。難波課長なら、ゴメンって言っておいてね」

大門は、鼻先で笑った。

「私、手伝いに行きます」

杏子が大門に言い、席を立った。青ざめている。直属の上司である大門の方針に逆らっているわけだから緊張しているのだろう。

「大久保、お前、引っこんでろ」

大門の口振りが唐突に激しくなった。

杏子は唇を震わせながら、その場に立ちすくんでいた。

「支店長からのご指示です」

主水は淡々と言った。

「えっ、支店長？　支店長、一階にいるの？」

「はい。お待ちです」

新田があのまま居残っているとは思えないが、主水ははったりを押し通した。

「しょうがないな。支店長じゃ逆らうわけにはいかないな。まあ、いずれ私が支店長になるわけだが」

大門は恨《うら》みがましい顔で立ち上がり「みんな行くぞ」と号令した。

「よろしくお願いします」

主水は軽く頭を下げた。

大門を先頭に、営業一課の面々が一階に降りた。主水は杏子と並んで、その後ろに付いていった。

一階に戻ると、案《あん》の定《じょう》、支店長の姿は既《すで》になかった。主水は難波に声をかけた。

「難波課長、支店長は？」

「お帰りになりました。今日は、お客様とホテルグレイスのレストランで会食ですから」

伝票から目を離さずに、難波は答えた。

「主水さん」

大門が怒気を孕《はら》んで主水を指差した。

「なんでしょうか?」

「支店長、いないじゃないですか。いい加減《かげん》だな。もう六時だから私、帰ります
よ。おい、大久保、帰るぞ」

大門が杏子に言いつけた。しかし杏子は俯《うつむ》いたまま呟《つぶや》いた。

「私、残ってお手伝いします」

「お前、逆らうのか。お前なんかいても役に立たないんだ」

大門の唾《つば》が飛んだ。他の営業一課員は戸惑っている。そこへ、伝票をめくる手
を止めて、難波が割り込んだ。

「大門課長、まだ原因がはっきりしないんです。手伝ってください。営業一課も
関係しているかもしれませんので」

「私も何かお手伝いいたします」

主水も加勢した。

大門は形勢不利と見るや、舌打ちをした。「分かりました。ハイ、ハイ、手伝いますよ」

難波は頭を下げた。

「助かります。では営業一課の皆さんで、窓口担当の金庫の残高を再度確認願います」

「私は、何をいたしましょうか？」

主水が聞いた。

「主水さんねぇ」難波は、唇の端を歪めて「遅くなりそうだから、お握りでも買ってきてくれますか。これお金。支店長からです」と一万円札を差し出した。

「ちっ。いつまでやるつもりなんだ」

それを見た大門が、吐き捨てるように言った。

結局その日は、夜十時まで調査が続けられたが、原因は分からなかった。最後の処理の判断は支店長に任せようということになった。

大門は最後まで居残らず、「やってられねぇ」と捨てゼリフを吐き、午後七時には帰ってしまった。

大門が帰るとき、主水は杏子の横顔を盗み見た。杏子は、なぜかほっと安らいだような、優しい表情になっていた。

三

「おかしいだろう」

大門の怒号が、一階のフロア全体に響き渡った。

「いったいどうしたんでしょうか……」

難波は肩を縮こめて、途方に暮れている。またも現金が合わなかったのだ。これで四日連続である。

最初の発生日は八月四日、一万円が過剰《かじょう》だった。その後、五日は五千円、六日は一千円。そして今日、七日も一千円だ。

大門がおかしいと声を荒らげるのも当然と言えるだろう。その都度、大門とその部下たちは本業の営業そっちのけで調査に駆り出されていた。営業報告書の作成等で残業しなければならないのに加えて余計な残業を強《し》いられていたのだ。

「どうしたんでしょうって言い草はないでしょう。難波さん、あなたがしっかりしていないから続くんじゃないの」

「さあ……。原因さえ分かればねぇ」

難波は困惑《こんわく》した表情を隠さず、首を傾《かし》げた。日中は昼寝ばかりしている難波だが、銀行業務にかけてはベテランだ。違算金《いさんきん》と呼ばれる現金の過不足問題は、何度も経験している。それでも今回のように少額が連続して発生する案件は初めてなのだろう。

「難波さん、こんなの簡単だろう。伝票と現金を合わせれば、どこで一千円過剰になったかはすぐ分かるはずじゃないの。伝票に一万円と書いて一万一千円預かったとか、一万一千円なのに一万円で入金しちゃったとかさ」

大門の言葉は、苛々《いらいら》が高じて日に日に荒っぽくなっている。

「ええ、いつもならここで間違ったと当たりをつけて、だいたい的中するんですが、今回はダメですね」

四日に発生した一万円の過剰金は、支店の別段預金という特殊な勘定に計上し、検査部に報告した。支店の事務成績が下がることにはなるが、仕方がない。

新田も検査部報告を了承した。中には違算金を報告しない支店長もいるのだが、昨今は何が起きるか分からない。規定に反してごまかそうものなら、ツイッターなどのSNSに投稿され、傷口を深くしかねない。

ある支店で一万円が過少になり、支店長が立て替えるという事例があった。それを見ていたパートの女性が面白半分でツイッターに投稿して大騒ぎとなり、その支店長はポストを外されてしまった。

——検査部に報告しないでほしいと部下から懇願《こんがん》され、やむを得ず自分で立て替えた。挙《あ》げ句《く》、最悪の結果になった。死んでも死にきれない。

そう恨み節を残して、彼は転出していったそうだ。

「どうして間違いが続くんですか」

主水は、こっそり傍らの美由紀に耳打ちした。

美由紀も営業一課員として連日、検査を支援している。

「分からないんですね。こうなるとこっそり誰かが一万円や一千円を紛《まぎ》れ込ませているとしか考えられないんじゃないですか」

美由紀は表情を曇らせた。

「へぇ、何のために？」

主水は美由紀の大胆な推理に感心した。

「わかりません」

美由紀は、両手を広げてお手上げのポーズをした。

結局、新たな一千円の過剰金も別段預金に入金され、少額につき検査部への報告は不要の措置《そち》とされた。

「いつまでやっていても埒《らち》が明かない。営業一課は引きあげるぞ」

大門が一喝《いっかつ》した。

一課の男性陣がやれやれという表情で二階に上がっていく。机に置きっぱなしになっている書類をさっさと片付け、飲みにでもいくのだろうか。

「引きあげるって言っていますよ」

主水は美由紀を促《うなが》した。

「じゃあ私も引きあげようかな。用事もあるから」美由紀は近くで伝票を点検していた杏子に「引きあげましょう」と声をかけた。

「私、残ります」

杏子は美由紀に対し、強い口調で答えた。美由紀は動揺したのか、言葉を詰まらせた。

「えっ、課長が終われって言っているのよ。終わりましょう」

美由紀は、優しく言い含めた。

「もう少しお手伝いしていきますから」

なおも杏子はかたくなな態度を崩さない。

「おい、何やっているんだ。椿原、大久保、帰るぞ」

大門が再び声を上げる。

「課長、イラついているわよ。戻りましょう」

美由紀が急《せ》き込んだ。

「私は、残ります。気にしないでください」

杏子は断固拒否した。

「おい、何やっているんだ」

堪《たま》りかねた大門が近づいてきた。

「課長、杏子が残るって言うんです」

美由紀が注進した。

「何だと」大門は杏子の腕を引っ摑んで「何ぐずぐず言っているんだ。もういいんだ。難波課長も了解済みだ」と説得にかかった。

「放してください」

咄嗟《とっさ》に杏子は大門の腕を払った。

「勝手な真似《まね》は許さん」

面食《めんく》らった大門は怒りに唇を震わせ、再び杏子の腕に手を伸ばした。と、その時、すっと主水が身体を滑り込ませた。

「な、何をするんだ」

大門は、一回り体格の大きい主水を臆《おく》せず睨みつけた。

「嫌がってますから。人の嫌がることをしてはいけませんよ。課長さんですしね」

「どけよ。部下は上司の指示に従わないといけないんだ。服務規律に書いてある」

「嫌なことには従わなくていいんじゃないですか。既に業務時間外ですし。大久保さんは、難波課長を手伝おうとされているんですから」

「主水さん、あんたこそ庶務行員のくせにいつまで残っているんだ。どうせいたってなんの役にも立たないんだから、早く帰ったらどうなんだ。もういいよ、勝手にしろ。おい椿原、飲みに行くぞ」

大門は嘆息《たんそく》して、美由紀に声をかけた。

「課長、すみません！　先約があるんです」

すぐさま美由紀は両手を合わせ、片目をつぶり、頭をペコっと下げた。

「もう、どいつもこいつも降格させてやる」

大門は憤懣《ふんまん》をぶつけて二階に走っていった。

「いやはや激しいですね。私も営業をやっていた頃はあんな時代もありましたっけね。若いっていいですね。主水さんの強さを知らないんだ」

難波がひょっこり顔を出して、ぼそりと呟いた。昼行燈《ひるあんどん》のごとき無責任な課長だが、皮肉《ひにく》も口にするようだ。先月、オレオレ詐欺《さぎ》の犯人を捕まえた主水の強さが記憶に残っているのだろう。

「杏子、大丈夫?」美由紀が心配そうに後輩の顔を覗き込んだ。

「ええ」

杏子は弱々しい声で言った。先ほどの強い拒否が嘘《うそ》のようだ。

「ねえ、何かあるんだったら相談に乗るからね。課長に睨まれ過ぎだよ」

「大丈夫です」

美由紀が優しく諭《さと》しても、杏子は美由紀と視線を合わせようともせず、伝票のチェックを始めた。

「主水さん、ちょっといいですか?」

怪訝《けげん》な顔で、美由紀が囁いた。

主水は無言で頷き、杏子の座る席から離れた。

「どうしましたか?」

「杏子のこと、心配なんです」

美由紀は眉根を寄せた。

「さきほど大門課長に睨まれていると話されていましたが、そのことですか」

「そうなんです。杏子、このところ課長と目を合わそうとしないし、課で飲みに行こうと言われてもずっと拒否しっぱなしで……。以前はそんなことなかったのですが、ものすごく暗くなって、まるで死にそうなくらい。きっと何かあるんです」

美由紀が悲しそうに主水を見つめた。

「死にそうな暗さとは穏《おだ》やかじゃありませんね」

主水は口元を歪めた。

「主水さんに相談することがあるかもしれません」美由紀は腕時計を見た。「あっ、行かなくちゃ。すみません。余計なことを言って。お願いします」美由紀は急いで駆けていった。

主水は、杏子の小柄な背中に視線を向けた。

杏子は、ひたすら一枚ずつ伝票をめくり、チェックを続けている。まるで何かに追い詰められているような必死さが感じられた。

「主水さん、ちょっといいですか？」

二時間後、難波が近づいてきた。

「はい、なんでしょうか？」

庶務行員である主水は、本来なら事務行員と一緒に残業をしなくてもよい。事務ミスを調査解明し、対策を講じるのは事務行員の職務だからだ。

しかし主水は事務行員たちと同じ苦労を味わいたいと思っていた。今まで孤独な、個人で行なう仕事ばかり渡り歩いてきたせいもある。そしてもう一つ、主水には秘密裏《ひみつり》に課された重要な任務があった。支店の様子、新田の行動などを、本当の雇い主である〝あの男〟に報告しなければならないのである。そのためにはできるだけ長い時間、事務行員たちと接触し、情報を入手する必要があった。

主水は、今回の連続過剰金の件についても雇い主に報告していた。しかし今のところ、特に反応はない。

「どうも気になるんです」

難波は、営業室からロビーに出て、ぐったりとソファにもたれた。

「おい、みんなもう帰宅していいぞ」

平手《ひらて》を振って、難波が声をかけた。

まだ営業室内には一千円の過剰金の原因を突き止めるべく難波の部下が数人残

っていた。その中には杏子も混じっていた。

彼らは一斉《いっせい》に溜息《ためいき》をつくと、机の上の伝票類を片付け始めた。杏子も難波には素直に従っている。

「主水さんの考えをお聞きしたいんです」難波はソファに背を預け、主水を見上げた。「どうぞ、ここに座ってください」そう言って、自分の隣を手で示した。

「私の考えなど……」主水は、難波の隣に腰を下ろした。

「今回の過剰金の発生ですが、誰かが意図《いと》的に行なっているとしか思えないんです。単なるミスではない気がします」

思いつめたように、難波は主水を正視した。

難波の殊勝《しゅしょう》な顔つきに、主水は我が目を疑ったが、表情を変えず「どうしてそう思われるのですか？」と質《ただ》した。

主水にも過剰金、過少金の発生原理は理解できる。銀行の支店は毎日多額の入り払いを集計しているのだ。そこで入り払いには必ず伝票が使用される。伝票と現金は一体なのである。しかし人間のやることだ、絶対に間違いが起きないとはいえない。

「一万円や一千円の伝票を誰かが意図的に捨ててしまったか、現金をそっと窓口担当の金庫に忍ばせたか、もうそれしか考えようがないんですよ」

「これだけ調べても原因が分からないからですか」

「そうです。普通は伝票を預金端末から入金処理する際の印字間違い、例えば一万一千円の入金で伝票の金額一万一千円を一万円で入金処理したとかですね。その場合だと伝票と入金印字の整合性を調べれば原因は分かります。他も推して知るべしです。ところが今回はお手上げです」

難波は両手を肩まで上げて、どうしようもないと首を振った。

「誰がそんなことをするんですか？　過剰金ということは、自分のお金を入れているってことですよね」

店内のざわつきは影を潜め、静寂《せいじやく》が訪れていた。ロビーには主水と難波しかいない。難波は、もともと主水に批判的だったが、先月のオレオレ詐欺事件以来、色々と相談してくることが増えた。

「そこですよ、主水さん」難波は主水に人差し指を差し向けた。「なぜ自分の懐《ふところ》を痛めて、そんなことをするんでしょうか？　お金を抜くんだったら分かるんですが。主水さんは人生経験が豊富だし、支店の様子を客観的に見ておられる。何か気づかれたことはありませんか？」

「人生経験豊富だなんて買いかぶり過ぎですよ」

主水は苦笑した。

「お先に失礼します」

営業室内からロビーに声がかかった。見ると、帰り支度を終え、私服に戻った杏子だった。

「杏子ちゃん、いつもありがとうね。気をつけて帰ってください」

難波が手を振った。

「ご苦労さまでした」

主水も軽く低頭した。

「彼女、本当にいい娘《こ》ですね。いつも遅くまで手伝ってくれて……」

難波が目を細めた。

「ねえ、難波課長」主水の頭に、何かが過《よ》ぎった。「窓口担当の金庫って、現金を簡単に入れられるものなのですか？」

「それはできませんね。金庫の鍵は窓口担当が持っていますし、閉まっているのを勝手に開けて、中にお金を入れるなんてことはできません」

窓口担当が客から現金を預かると、まず自分で数え、次に機械に数えさせ、再び客に入金金額を確認してもらう。二重、三重のチェックを経て、ようやく窓口担当が入金オペレーションをするか、後方の記帳担当に入金オペレーションを依頼するのである。現金は機械と一体になっている金庫に収納するか、多い時は後方の資金担当に引き渡す。この時、金庫の鍵は窓口担当が持っているから、他の行員は触ることができない。

「無理してでもやろうと思ったら、どんな方法が考えられますか？」

「窓口担当と共謀《きょうぼう》するか、彼女の隙《すき》を見て行なうしかないですね。隙を狙われるなんて大失態ですが。主水さん、何か気づいたんですか」

難波が取り縋《とすが》らんばかりに身を乗り出した。

「いや、まだ何も……、ところで嫌な人と会いたくない時はどうしますか？」

主水は、変な質問だと承知で聞いた。案の定、難波は首を傾げた。

「嫌な人ですか？　私もサラリーマンですから、嫌な課長に仕えたことがありましてね。毎日、苛められたんですよ」

「そういう時期もあったのですか」

何かに納得するように、主水は小さくひとつ頷いた。

「外回りの営業の時でしたが、できるだけ長く外を回って、支店に戻らないようにしてましたね。そうしたら今度は、早く帰ってこいって叱《しか》られましたけど。以来、課長が帰宅したのを確認してから支店に戻っていました。あの時は、辛《つら》かったなぁ。銀行を勝手に休むわけにはいきません。クビになりますから」

難波は昔を思い出し、苦笑を浮かべた。

「ありがとうございます」

頭を下げてから、主水は立ち上がった。

「それがなにか？」

難波の眉間《みけん》に濃い皺《しわ》が寄った。

「この過剰金事件、案外、根が深いかもしれません」

主水の予言に、難波は釈然《しゃくぜん》としないのか、大きく首を傾げた。

四

高田町随一《ずいいち》の料亭「錦亭《にしきてい》」の玄関が窺《うかが》える木の陰に、主水の姿があった。その手には使い古した一眼《いちがん》レフカメラが構えられている。主水は、これで新田と三雲を捉えるつもりだった。

昨夜、主水のスマートフォンに本当の雇い主である〝あの男〟から指示が入った。

――新田支店長と三雲不動産の動向について報告せよ。特に、彼らが何を話しているのかについて詳細に。

何を話しているかだって？　主水は内心で文句をぶちまけた。俺は一介《いっかい》の庶務行員だよ。どうやって支店長が客と話している内容を知れというんだ……。主水の不平不満は尽きなかったが、数分の後には、やるべきことをやらねばならないと思い直した。

新田が三雲と頻繁《ひんぱん》に錦亭で会っていることは、これまでの調べで判明していた。新田のスケジュールは、副支店長の鎌倉が把握《はあく》している。そのため鎌倉の机上《きじょう》には、鎌倉と新田のスケジュール表が並べて置かれているのだ。営業担当はそれを参照しながら、自分の客との会食や懇談の日程を調整する。〝あの男〟からの連絡を受けた翌朝、主水は掃除をしながらさりげなく新田のスケジュールを確認した。その日、八月十日も六時三十分から錦亭で会食の予定であった。

錦亭なら何とかなるだろうと主水は考えた。錦亭は老舗《しにせ》で格式も高いが、主水は宅配便業務をしていた頃、料理人や仲居たちと個人的に親しくなっていた。特に懇《ねんご》ろな仲居頭《なかいがしら》に頼んで、新田たちが何を密談しているのか、ほんの少しでも構わないから探ってもらうことにした。

錦亭の仲居頭はベテランで、気さくな女性だ。じつは主水とは一度、身体の関係を持ったことがある。かなり昔の話だが……。

その日の昼休み、支店の外で主水は携帯から電話をかけた。飾ることなく主水が内偵《ないてい》を頼むと、仲居頭はころころと笑った。

——どうしたの？　スパイ大作戦みたいね。

——わけは言えないけど、悪いことはしていない。迷惑はかけない。礼はするから。

——主水さんが悪事を働くわけはないから、余程《よほど》のことね。どれだけお役に立てるか分からないけど、承知したわ。お礼は弾んでね。

彼女なら確実に仕事をしてくれるだろう……主水は、彼女との往時《おうじ》の睦《むつ》みごとを思い浮かべた。彼女の方から積極的に誘ってきたのだった。終わった後は、晴れ晴れとした顔で、ありがとうと言った。何か他人には言えない屈託《くったく》があったのだろう。

黒塗りの車が、錦亭の玄関先に停まった。主水は回想を中断し、カメラを構えた。おのずと手に力が入る。自動焦点装置が働く。運転手が急ぎ足で回り込み、後部のドアを開けた。中から男が現われる。三雲不動産社長、三雲豊喜だ。すかさず主水はシャッターを切る。

客の方が早く現われたのか。新田はまだ来ていない。主水はカメラを構えたまま、ひたすら待った。

その時、主水が覗いているファインダーに、見知った男女の姿が映った。望遠レンズが捉えたのは、紛れもなく大門と杏子だった。錦亭を横目に通りを、杏子が腕を引っ張られる格好《かっこう》で歩いていく。

「まいったなぁ」

主水は天を仰《あお》いだ。もうすぐ新田が到着するだろう。しかし、杏子のことも気になる。あのまま大門と行かせるわけにはいかない。

「ええぃ、ままよ」

カメラをバッグにしまい込むと、主水は大門と杏子の後をつけて走り出した。

新田が錦亭に入っていく写真は、後日でもいいだろう。しかし杏子の件は、最優先で行動しないと手遅れになるような気がしていた。

高田通り支店で連続した過剰金事故は今週になってぴたりと起きていない。

主水は、あの事故の犯人は杏子ではないかと疑っていた。手口は分からない。難波が推測した通り、窓口係の誰かと組んでいるのかもしれない。

数日前、主水は偶然、杏子が香織の窓口に座っているのを見かけた。その時、香織は席を立っていた。束の間だったので、代わってほしいと頼まれたのかもしれない。その日、香織が一千円の過剰金を出した。

由梨絵が一万円の過剰金を出した時も、由梨絵の窓口辺りに杏子がしばらくいたような記憶がある。その時はさして疑問に思わなかったが、杏子の憂鬱で非常に悲しそうな表情が印象に残っていた。

そして大門への、あの断固とした拒否の態度。あれは異常だ。部下の取るべき態度ではない。あえて邪推《じゃすい》すれば男と女が仲たがいした時のように思えた。

――杏子は、大門の誘いを断わるために過剰金事件を起こしたのではないか。調査のために残業することで、大門の誘いを断わることができると考えたのではないか。

「銀行を勝手に休むわけにはいきません。クビになりますから……」

主水は難波の言葉を反芻《はんすう》した。

高田通りに出た。錦亭の前を横切る時、新田の車とすれ違わないかと緊張したが、杞憂《きゆう》に終わった。

男女の背中を探しながら、急ぎ足で追いかける。見えた。大門が先を歩き、杏子が後ろに従っている。他人の目を気にしたのだろうか、杏子を牽引《けんいん》していた手は解かれていた。高田町には、二人を知っている人もいる。よからぬ噂《うわさ》が立ってしまうとまずい。

大門が喫茶店《きっさてん》の前で止まった。店名は「クラシック」。名前の通りクラシック音楽を流す、昔ながらの名曲喫茶だ。建物は古く、壁一面が緑の蔦《つた》に覆《おお》われている。主水は、店の外観写真を撮る振りをして、望遠レンズ越しに二人を監視した。大門が杏子に何か話しかけている。杏子が頷く。大門が店の中に入った。杏子もそれに続く。

少し間を空けて、主水も店に入った。中は薄暗い。椅子の背もたれが高く、どこに誰が座っているかを確認するのは難しい。主水は、ゆっくりと店内を見渡した。

店内の奥まった席に、大門のだらしなく垂れ下がった目尻《めじり》がちらっと見えた。大門は向かいの杏子に気を取られ、主水にはまったく気づいていない。

大門に背を向ける格好で、主水は二人の席の手前に座った。主水の後ろには、椅子の背を挟んで杏子がいる。主水はバッグから高性能のコンクリートマイクを取り出すと、集音部を椅子の背に貼りつけ、銀色のイヤフォンを耳に入れた。

コンクリートマイクとは探偵《たんてい》が常備する盗聴器《とうちょうき》の一つで、本来、壁越しに盗聴するための道具だ。雑音も入るが、それなりの精度で音を拾うことができる。主水がかつて探偵事務所で働いていた頃、頻繁に使用していた。

〈どうして俺を避けるんだ〉

主水の耳に、いきなり大門の声が飛び込んできた。

〈もう嫌です〉

杏子の声は震えている。杏子が大門を避けているのは、もはや明白だった。

〈お前だろう。過剰金事件を起こしているのは。どうやったか知らないが、あんなことをして俺の誘いを断わるつもりなのか。支店長に、お前が犯人だと突き出してやろうか。しかし、俺もそこまで嫌われるとは思わなかった〉

杏子は沈黙したままだ。

〈おい、杏子、逃げようと思っても逃げられないぞ。お前と抱き合っている写真もあるんだからな〉

――あらら、二人はそんな関係なのか……。主水は愕然《がくぜん》とした。

〈リベンジ・ポルノは犯罪です。それに課長を好きだったわけじゃありません。あれは無理やりじゃないですか〉

かろうじて声を絞《しぼ》り出し、杏子が反論した。

〈写真を流出させる気はない。しかし持っているということを教えておきたいだけさ。確かに無理やりと言えば、そうかな。飲み会の帰りだからな。酔ったお前を介抱《かいほう》しただけのことだ〉

おそらく、大門が行なっている月初のカラオケ付き飲み会のことだろう。そういえば、いつもは朝早い杏子が遅く出勤してきた日があった、と主水は思い起こした。あれは飲み会の翌日だった。

〈写真、返してください。そしてもう誘わないでください〉

杏子は涙声だが、精一杯、毅然《きぜん》として言った。

〈俺は遊びじゃない。あの夜は俺が悪かった。しかし、俺はお前のことが好きなんだ。付き合ってくれ〉

コツンと何かが当たる音がした。おそらく大門がテーブルに頭を突きつけたのだろう。

〈奥さんがいらっしゃるじゃないですか〉

〈もう別居して三年になる。別れるつもりだ〉

〈私は嫌です。もう私のことは忘れてください〉

がさっと大きな音が聞こえた。どちらかが立ち上がったのだ。

〈帰ります〉

杏子だった。

〈待てよ。待ってくれ〉

大門の声は色を失い、悲痛だ。

主水は、杏子に気づかれないよう身体を丸めてコーヒーを飲んだ。

〈くそっ。バカにしやがって。このままでは終わらせないぞ〉

大門の怒る声が、盗聴器を介さずとも聞き取れた。

これは喫緊《きっきん》の問題だ。大門はプライドが異常に高い。杏子にバカにされたとなると、何をしでかすか分からない。リベンジ・ポルノをばら撒《ま》く可能性もゼロではない。

——香織と美由紀にも、ひと肌脱いでもらおう。

モーツァルトのオペラ『ドン・ジョバンニ』を聴きながら、主水は作戦を練った。

# 五

高田町稲荷《いなり》は、第七明和銀行高田通り支店のすぐ近くにある。翌日、主水は、その境内《けいだい》に香織と美由紀を誘った。

「主水さん、どうしたんですか？　こんな場所で」

香織がわずかに緊張気味に声を上ずらせた。

「私、ここに来たのって初めて。静かでいいですね」

一方、美由紀は心地《ここち》よさげに高く伸びた銀杏《いちょう》の木を見上げている。

「ここはなかなかご利益《りやく》があるんです。毎年、十月にはここから神輿《みこし》が出て、盛大な祭りも行なわれますからね」

「用件があるんでしょう。早くしないと昼休みが終わってしまいます」

香織が急かすと、主水は拝殿《はいでん》の前に立ち、二人を手招きした。

「それじゃ、お二人ともこちらに来てください。先ほども言いましたが、ここのお稲荷様は嘘を言う者にはひどい罰《ばち》をお与えになりますからね」

「えっ、怖いわ。何が始まるんですか」

香織は両手で自分の肩を抱いた。

「香織さん、単刀直入《たんとうちょくにゅう》にお訊《たず》ねします。今回の連続過剰金事件の犯人を知っていますね」

主水が見つめると、香織は大きな目をさらに見開いた。早くも涙が滲《にじ》み出ようとしている。

「なにそれ？　香織、ほんと？」

美由紀が狐《きつね》につままれたような顔で香織を凝視《ぎょうし》している。

主水は鎌をかけたのだった。冒険だと思ったが、この事件は香織が共犯だと考えれば、納得がいくのだ。窓口担当の金庫は預金端末と一体化しており、非常に厳格に扱われている。窓口担当のキーがなければ、操作は不可能だ。誰かが何らかの手段で金庫に現金を紛れ込ませようとしても難しい。仮に成功したとしても、優秀な窓口担当の手にかかれば、誰がそんなことをしたか、あっさり特定できるはずだ。ところが窓口担当自身が犯人、または共犯ならば、どんなこともできる。一万円余った、一千円余ったと申告すればいいだけだ。自分の責任にはなるが、これほど簡単なことはない。

しかし、本来なら窓口担当が犯人であるわけがない。窓口担当は、支店の花だからだ。せっかくのポストを自分の行為で棒に振りたくはないだろう。問題を起こして難波課長ら上司を困らせてやろうという暗い意図を持っている窓口担当は、いないはずである。

――とするならば、香織が杏子の共犯ではないか。

主水の推理は、いつの間にか確信に変わった。

香織は俯き、黙っている。重苦しい空気が漂う。

「香織さん、あなたは誰かを助けようと、こんなことをしたんですね。あなたはいい人だ。だから頼まれると嫌とは言えなかった。そうですね」

主水は努《つと》めて落ち着いた口調で問い質した。

「香織、本当なの？　本当のこと言って」

美由紀が、香織の肩を揺さぶった。

「すみません」香織が顔を上げた。目から涙がこぼれる。「杏子に頼まれて……。助けたくて」

「どういうことなの」

美由紀が訊ねた。

「杏子、大門課長のセクハラに苦しんでるの」

セクハラとは、会社などの組織で地位を利用して異性に性的な嫌がらせを強いることである。

「やっぱりそうなの」美由紀は怒りを露《あら》わにした。

「美由紀さんは気づいていたのですか」

主水が聞いた。

「ええ、大門課長はカラオケの時も杏子を傍に侍《はべ》らせて、お酒の酌《しゃく》をさせたり、『銀座《ぎんざ》の恋の物語』のデュエットを何度も一緒に歌わせたり、異常なほどなんです。杏子に大丈夫かって確認したんですが、大丈夫って……。でも最近、課長を拒絶することが多くて、かなり心配していたんです」

美由紀が憤慨《ふんがい》した。

「杏子は、大門課長の執拗《しつよう》な誘いを断わるにはどうしたらいいか悩んでいたんです。それで、どうしても残業せざるを得ない状況を作り出せば、誘いを断わることができると考えて、過剰金事故を発生させたんです。ある時、私が席を離れた一瞬を狙って、杏子が窓口用の金庫にお金をそっと入れようとしました。私が気づいて『なにしているの?』と咎《とが》めたら、杏子、泣きながら話してくれたんです。それで協力したんです」

香織の視線に力が籠《こ》もった。難波課長に報告するならしてくださいとの覚悟が見て取れる。

主水は、喫茶店で盗聴した内容については何も言わないことにした。杏子が大門から受けているセクハラ被害は尋常《じんじょう》ではない。美由紀や香織の想像をはるかに超えている。徹底的に秘密にした上で早く解決してやらないと、杏子の身が危《あや》うい。

「よく分かりました。香織さんの関与に気づいている人は、まだ他にいないでしょう。私も何も言いません。ただ、ひとつだけお訊ねしたいことがあります。銀行にはコンプライアンス部というのがあって、セクハラの相談に乗ってくれるのではないのですか。どうなのですか」

コンプライアンスとは、企業による法令、ルール順守のことを指す。そしてルールを守っているかを監視するのが、企業内のコンプライアンス部だ。セクハラをはじめハラスメント問題の救済を訴えれば、専門の担当者や弁護士が解決してくれる手筈《てはず》になっている。

「あんなの駄目」香織は言下《げんか》に否定した。「大門課長は大物の息子だし、もみ消しされるのに決まっているわ。それに、コンプライアンス部の調査には時間がかかるんです」

香織が切羽詰《せっぱつ》まった様子で訴えた。

「香織の言う通りです。大門課長は常々、自分は将来頭取になると言って憚らないんです。自分の言うことを聞いていれば将来安泰《あんたい》だぞって部下を従わせています。主任なんか『俺の自宅の近くに家を買え。出世させてやる』と言われて、課長の家の近くに家まで買ったんです。すると庭の掃除の手伝いやゴルフの送迎をさせられて、ぼやいています」

美由紀が苦々しい表情をした。

「それはパワハラですね。ひどい男だ」

主水も憤《いきどお》りを覚えた。

「主水さん、杏子を助けてください。今夜が危ないんです」

香織が主水の腕を取り、揺すった。

「今夜って、どういうことなのですか？」

主水は勢い込んだ。

「いつまでも過剰金事故を起こすわけにいかないので、今週は何もしませんでした。すると大門課長はしつこく杏子に言い寄って、帰りも待ち伏せ、メールをガンガン、まるでストーカーなんです。杏子なりに強く拒否してはいるんですが、どんなに言っても分かってくれなくて、どんどんエスカレートするんです。もう怖いくらい。昨日の夜もきつく断わったのに今朝《けさ》になるとメールが届いたみたいで、今夜、タカダシティホテルに来なければどうなるか分からないぞって。杏子、もう死んじゃいたいって……」

香織は悲痛な声を漏らした。

主水には、杏子の恐怖が痛いほど分かった。大門の言うことを聞かなければ、リベンジ・ポルノをばら撒かれる可能性もあるのだ。大門は、自分は安全なところにいて、身分を隠してリベンジ・ポルノを拡散するかもしれない。あるいは自分の地位を捨ててでも、その愚《おろ》かな行為に及ぶだろうか。どんな形にしろ、拡散されてしまえば杏子が受けるダメージは計り知れない。

いっそのこと銀行を退職すれば、杏子は大門のセクハラから逃げられる可能性がある。大門が本格的なストーカーになってしまうおそれもないではないが、それでも、まず逃げることが一番の方策だ。

しかし……と主水は考えた。ハラスメントで自殺する人が少なからずいることを考えれば、その場から逃げだすという防衛策を講じることができない人もいるのだろう。

人間というものは、後知恵では危機を回避する方法を幾通《いくとお》りも考え出すことができる。だが、当座は危機に魅入《みい》られてしまう。杏子もそのような状況に陥《おちい》っているのだろう。

「今夜の呼び出しについて、詳しく分かりませんか？」

主水の問いに、香織はスマートフォンを見せた。杏子が大門のメールを転送してきていたのである。

〈タカダシティホテル三〇七号室で待っている。今夜八時半だ。もし、来なかったら分かっているね、どうなるか分からないからね♥〉

「何が♥《ハート》よね。変態！」美由紀が吐き捨てた。「許せないわ」

「杏子さんはどうするっておっしゃっていましたか」

主水は質問を重ねた。

「行って、はっきり断わってこようと言っていたわ。逃げれば逃げるほど追いかけてくるからって」

香織が答える。

「大丈夫かしら」

美由紀は頬に手を当てた。

「主水さん、どうしたらいいの」

香織が思い詰めたように助けを求めた。

「私には何かできる力はありません」

主水は諭すように言った。

「あぁ、がっかり。やっぱりこの世には007《ダブルオーセブン》もスーパーマンも誰もいないんだなぁ」

香織も美由紀も一緒に溜息をつき、肩を落とした。

主水は、そんな香織と美由紀をじっと見つめていた。

「このお稲荷様にお願いしてみましょう。杏子さんに伝えてください。ホテルに行く前に、必ずここにお参りしなさいって。きっとお稲荷様が助けてくれるでしょうってね」

主水は胸を張り、微笑んだ。

「ほんと、信じていいんですか」

「信じていいですとも。ここはご利益がありますから」

「主水さん……」

香織が目を潤《うる》ませ、主水を見上げた。

＊

その日の夜八時、杏子は暗い参道を歩き、高田町稲荷神社の拝殿の前に立った。

「あら？」

賽銭箱《さいせんばこ》の上に白い封筒がある。宛名は『大久保杏子様』となっている。裏に墨《ぼく》書《しょ》された差出人は『稲荷』。杏子は、心臓の高鳴りを覚えた。封を切ると、中に手紙が入っている。心臓が止まるのではないかと不安になるほど激しい鼓動が、杏子の胸を打った。杏子は、拝殿を照らす提灯《ちょうちん》の薄明りの下に手紙を晒《さら》した。手紙は流れるような墨文字で書かれている。一字一句もないがしろにせず、食い入るように読み進める。

杏子の顔に、ようやく微笑が戻った。財布から百円玉を取り出して、賽銭箱に投げ入れる。木と金属が当たる音。頭上の鈴を鳴らし、柏手《かしわで》を打った。

「お助けください」

杏子は静かに呟き、深く低頭した。

＊

大門はシャワーを浴び、バスタオル姿でベッドサイドの椅子に腰かけていた。テーブルには飲みかけの缶ビールが置かれている。

カーテンは開けたままだ。窓から高田町の夜景が見える。

「来るか、来ないか」

大門はひとりごちた。杏子が来ないなら、それでも構わない。またしつこく付きまとうだけだ。

俺はどうしてしまったのか。なぜあんな小娘とのセックスに溺《おぼ》れてしまったのか。いや、本音《ほんね》を言えば、あんな小娘とセックスしたいわけではない。

性欲というよりも、あの大人しそうな杏子を見ていると、なんだか苛々するのだ。つい意地悪をしたくなる。これがセクハラであることは分かっている。しかし、合意の上なら恋愛になるだろう。上司と部下との恋愛は、それだけでセクハラと認定されることがあるが、俺のは恋愛だ。杏子はどうなのだろうか。俺のことを好きなのだろうか。今は、徹底して俺を避けている。嫌いなのだろう。自尊心が傷つくではないか。あんな小娘に嫌われるなんて、俺のようなエリートには相応《ふさわ》しくない。好きだと言わせてやる。

　俺には妻がいるが、もはや関係ない。もし杏子が俺のことを好きになってくれたら、妻と別れてもいい。杏子は俺のことが好きに違いない。好きだから避けているのだ。

　俺は出世する。父親にも権力があり、家柄もいい。変な男とくっつくより杏子はずっと幸せになるはずだ。セクハラの向こうに幸せがある。恋愛なんて、みんなセクハラから始まるのだ。

　今までいろいろな女と関係をしてきたが、やはり同じ職場の女が一番燃える。これは「盗む」という感覚だ。いわば会社の財産に手をつけるということ。ぞくぞくする。ひりひり、ちりちりする感覚だ。リスクに満ちている。失敗したら地位も名誉も失うかもしれない。そんな崖《がけ》っぷち感覚が堪《たま》らない。

　大門は勝手な理屈をこねあげていた。ベッドサイドのデジタル時計に目をやる。約束の八時半だ。大門の頭に、急に血が上り始めた。鼓動が激しくなる。止めようとしても表情筋が勝手に動き出し、にやにやしてくる。今度は下腹部に血が満ち始め、あの部分が固くなっていく。

俺だって、覚悟を決めているのだ。そのことを杏子にぜひ分かって欲しい。あいつは素直な女だ。分かってくれるはずだ……。

インターフォンが鳴った。

条件反射的に大門は椅子から立ち上がった。その瞬間、腰に巻いたバスタオルが床に落ちた。屹立《きつりつ》したあの部分が剝《む》き出しになっている。まずい。早過ぎだ。大門は慌ててバスタオルを拾い上げ、腰に巻いた。

「は、はーい」

大門は急いでドアに駆け寄る。ドアスコープの小さなレンズを覗くと、白のブラウスに淡いグレーのスカートの女が俯いていた。大門が顔を上げろと念じると、想いが通じたのか、顔を上げた。

――杏子だ。

大門はドアを大きく開けた。

「杏子、来てくれたんだね」

大門は破顔《はがん》した。杏子は俯いたまま、部屋の中へと歩を進めた。素裸にバスタオルを巻いただけの大門を見ても動揺した様子はない。大門には、杏子が覚悟を決めているように思えた。

「もう待ちきれないんだ」

大門は、杏子の今にも折れそうな細い両肩に手を置き、ベッドへと誘った。

「いいんだね。僕に任せればいいからね」

大門が杏子の耳もとに囁くが、杏子はイエスともノーとも反応しない。杏子の両肩の小刻みな震えが大門の手に伝わり、それがいやが上にも中年男の性欲を刺激する。

堪らず、大門は杏子をベッドに押し倒した。杏子は、まるで生気のない人形のように両手両足を伸ばし、仰向《あおむ》けに横たわった。大門はバスタオルを巻いたままだ。さすがに剥き出しの男のものを露わにするのは、憚られたのである。

大門はベッドの縁《ふち》に腰かけ、両手を伸ばして杏子のブラウスのボタンに手をかける。やわらかく盛り上がった乳房《ちぶさ》のふくらみがもうすぐ現われると思うと、息が詰まりそうになる。

「お稲荷様……」杏子が呟いた。そして両手を胸の前で合わせる。

「お稲荷様？」変わったことを言うと苦笑しつつ、大門は杏子のブラウスを力の限り引き千切《ちぎ》った。ボタンをひとつひとつ外してなんかいられない。薄桃色のキヤミソールが覗く。

　そのとき、またインターフォンが鳴った。

「なんだ！　くそ」大門は怒りを顔に出し、ドアを睨んだ。「ちょっと待ってね」と杏子に伝えると、ドアに向かう。ドアスコープから覗くと、ホテルのボーイが立っていた。目を伏せていて、顔は確認できない。業務連絡に使うのか、耳には銀色のイヤフォンを着けている。大門はドアを少し開けた。

「何か用？」

「ルームサービスをお持ちしました」

　ボーイが恭《うやうや》しく頭を下げながら言う。愛想《あいそ》のないボーイだ。ワゴンの上には飲み物や食べ物が載っている。

「頼んでないよ」大門はぶっきら棒に突き放した。早く杏子を抱きたい一心でじりじりしている。こんなときにメシなど食べていられるか。

「私が頼みました」

　ベッドに横たわったままの杏子が言った。「君が？」大門は訝しく思ったが「そうか、一緒に食事をしたいんだね」と一人で納得し、ボーイを室内に招《しよう》じ入れた。

と、その瞬間、

「うっ」

突然の激痛に顔を歪めた大門は、両手で股間《こかん》を覆い、床に仰向けに倒れた。頭を床板に打ちつける。薄く開けた大門の目に飛び込んできたのは、彼を見下ろす狐面の男だった。

「な、何だ、何だよ」

大門は股間の痛みも忘れ、恐怖に顔を引きつらせている。ついには床に両手をつき、尻を床にすりながら後ずさりする。狐面は大門の足を踏みつけ、動きを止めた。

「き、きつね！」

大門の顔に狐面がぐっと近づいてきた。真っ白な地に、目の周囲には赤く隈《くま》どりが施され、目の玉は金色だ。

「杏子、逃げろ！」大門は叫び、振り向いた。びりびりに引き裂かれたブラウスだけがベッドの上に残され、誰もいない。もぬけの殻だ。杏子は煙のように消えてしまった。

「杏子！」大門の金切《かなき》り声は空《むな》しく室内に反響して消えた。

「弱い女を苛《いじ》めるような悪い奴はお稲荷様が許さない」

狐面が言った。

「お前、お前は誰……」

大門が目を血走らせて発した絶叫が終わらないうちに、狐面の拳が大門の鳩尾《みぞおち》を強く撃った。

「ぐうえっ」

大門はひき蛙《がえる》の鳴き声にも似た、空気が抜ける音を残して、口から泡を吹き、悶絶《もんぜつ》した。

狐面は床に仰向けに倒れた大門を見下ろすと、持っていた袋から第七明和銀行の女子行員の制服を取り出した。グレーのベストとスカートである。

「仕上げに取りかかるとするか」

六

「主水さん、これはいったいどういうことですか」

新田支店長は、箒を持って隣に立つ主水に問いかけた。

「さあ、わかりません」

　主水は首を傾げた。

「昨夜、誰か知らないが、明日早く銀行に行くようにという電話があった。耳にしたことはない声だった。何事かと思ってなかなか寝つかれなかったのだが、朝一番で出勤してきたら、この様《ざま》だよ」

　新田のこめかみには血管が浮き出し、怒りに唇がぶるぶると震えていた。

「私も支店長が早くからいらっしゃっているのを見て、驚きました。電話があったのですか」

「その声の主がこんなことをしたのだろう」

「きっとそうでしょうね」

　新田と主水の目の前には、女子行員の制服を着た大門がいる。酒の匂《にお》いをばら撒きながら、支店前の路上で眠っているのだ。ブラウスのボタンの紐《ひも》は千切れており、汚らしい胸毛が朝の風に揺れている。

　大門の首には「私はセクハラ男です」とプレートが下がっていた。

「パンツを穿《は》いていないようだね」

「そのようですね」

大門はところ構わず大きな鼾《いびき》をかき、涎《よだれ》を垂らしている。尻の辺りにまでまくれ上がったスカートの中からは、男性のものがわずかに覗いていた。

「情けない、実に情けない。不潔極まりない」

新田は大門の姿をスマートフォンで何枚か写真に撮った。報告書に写真を添付して人事部に送るつもりなのだ。新田の報告を受け、人事部は大門に厳しい処分を下すに違いない。

「多加賀さん、頭から水をかけて起こすか、このままゴミ箱に捨てるかはあなたにお任せします。とにかくこの男を私の視界から消してください。ただちに！」

「承知しました」

新田は大門を蹴飛ばそうとしたが、なんとか堪えて通用口の方に足早に歩いていった。

「主水さん、おはようございます」

香織と美由紀が揃《そろ》って出勤してきた。

「ああ、おはようございます」

主水は満面の笑みを返した。

「きゃっ」

香織と美由紀が異変に気づいて、同時に飛び上がった。

「これ、大門課長じゃないですか」香織が声を張り上げた。

「なんなのこれ！」美由紀も嬌声《きようせい》を張り上げたが、すぐに笑い出した。

「天誅《てんちゆう》ですね」

杏子の呟きが聞こえた。いつの間にか主水の背後に杏子が立っていた。

「杏子ちゃん、大丈夫だった？」

香織がおそるおそる声をかけた。

「お稲荷様のお蔭《かげ》で助かりました。これを見てください」杏子が香織と美由紀に手紙を見せた。「香織さんに言われた通り、昨夜、高田町稲荷にお参りして、助けてくださいとお願いしたら、これを見つけたのです」

そこには「天誅」の赤い文字とともに「悪い奴には天の裁きが下ります。あなたを必ず守ります。助けが必要な時は私の名前を呼んでください」と書かれてあった。

「これを見て、私、きっぱり大門課長と縁を切ろうと、ホテルに行きました」

「ホテルでどんなことがあったの」美由紀が聞いた。

「よく覚えていないんです。突然、お稲荷様が入ってきて、私、キャミソール一枚のまま夢中で逃げだしたんです。すると廊下に服が用意してありました」

「そうだったの。無事でよかった」

思わず香織が杏子を抱きしめた。

「何をさておきよかった、よかった」美由紀も笑顔で言った。

「ねえ、でも香織さん、どうしてあんなに強く、私にお稲荷様にお願いしなさいって言ってくれたの」香織と抱き合いながら、杏子が訊ねた。

「それは、主水さんがそうしなさいって勧めてくれたのよ」

「主水さんが……」

「主水さん、主水さん」

杏子との抱擁《ほうよう》を解いた香織が主水を呼んだ。

「邪魔《じゃま》です。どいてください」

主水は一輪車を転がして歩道に出た。

「ねえ、主水さんがやっつけてくれたんでしょう?」香織が追及した。

主水は香織を無視して大門の身体を担《かつ》ぎ上げると、一輪車に載せた。大門はまだぐっすりと眠ったままだ。息を吐く度にアルコールの臭気が朝の清々《すがすが》しい空気を汚していく。

「大門課長をどこに運ぶんですか」おずおずと美由紀が聞いた。

「ゴミ箱に捨ててこいって、支店長のご指示なんです」

あっけらかんと主水は答えた。

「杏子、課長はゴミ箱行きよ」

美由紀が告げると、杏子は晴れやかな微笑を浮かべた。

主水は杏子の笑みを見て、安心した。すぐに立ち直るだろうと確信したのだ。

「悪い奴には必ず報《むく》いが来るんですよ」

主水は呟いた。

いずれゴミ箱の中で目覚める大門は、自分の姿に驚愕《きょうがく》するだろう。そしてその瞬間に自分の人生が一変したことに気づき、恐怖に震えるに違いない。まさか銀行員としての人生が女子行員の制服姿で終わってしまうとは、予想だにしていなかったはずだ。自業自得《じごうじとく》とはこのことである。

続いて難波が出社してきた。「哀れな姿ですね。エリートがだいなしだ」一輪車の上の大門を一瞥《いちべつ》する。

「難波課長、もう二度と過剰金事故は起きませんから」主水は言い切った。

「そうですか。それはありがたいですね」難波が軽やかに笑った。

「ねえ、ねえ、主水さん、教えてよ。いったいどうしたのよぉ」

香織と美由紀が主水にまとわりつく。杏子は、手紙を胸の前で抱え、主水を見つめていた。

「さあ、みんな今日も忙しい日が始まります。早く店の中に入りなさい」

難波が一同に発破《はっぱ》をかけた。

主水は、空を見上げた。立秋《りっしゅう》を過ぎ、空は澄《す》み渡っている。秋が近いことを感じさせる空だった。

「今夜はタカダシティホテルの支配人としたたか飲むとするか」

主水は、力を込めて一輪車を動かした。主水の手には大門のスマートフォンが握られていた。この中に杏子のあられもない写真データが収められている。リベンジポルノを防ぐためこの写真データも消去しなければならない。

「うぅぅ」と鼾とも寝言ともつかぬ大門の声が聞こえてきた。

# 第三章　退職勧奨《かんしょう》の闇

## 一

斎藤小枝子《さいとうさえこ》は忙しく伝票箱を書庫から運び出していた。

書庫の中には、数え切れないほどの伝票箱が整然と積まれている。その中から一昨日《おととい》の伝票が収納された十数個の振込み伝票箱を二階の会議室に運び、一枚一枚点検しなくてはならない。

——まったく嫌な仕事だわ。

声にならない愚痴《ぐち》をこぼす。

ある男性客が「一昨日、窓口で依頼した振込みが実行されていない。相手が届いてないと言ってるんだ。お金を盗んだのじゃないのか」とクレームを申し立ててきた。コンピュータの記録には振込みの事実がないのだが、客が苦情を申し立てている以上、伝票を調べざるを得ない。

「斎藤さん、悪いけど伝票チェックをお願いできるかな」

業務全般を仕切っている難波俊樹課長から小枝子は原因究明を頼まれたのである。

小枝子は、窓口ではなく預金《よきん》や為替《かわせ》などの内部業務を担当している。トラブルが発生すると、原因究明は窓口担当ではなく内部業務担当が行なう。当事者以外が調べることで、不正を働こうとする不届き者を牽制《けんせい》しているのだ。

「最初は悪質なクレームだと思ったんだよ。しかし、相手は受取り書を持っているっていう。ちょっと見せてもらったが、どうも間違いがなさそうだった。それも受取り書を見たら、内海《うつみ》さんが担当したようなんだ」

振込みを担当した内海洋子《ようこ》は、入行三年目の独身で、なかなかチャーミングな女性だ。仕事は堅い。客の金を盗むなんてことはもっての外、事務ミスさえ起こさない慎重なタイプだ。

「分かりました」

小枝子は、難波の依頼を事務的に了解したものの、伝票箱を一階の書庫から二階の会議室に運ぶのがこんなに辛《つら》いとは思わなかった。

今朝《けさ》、どうも体調が悪いという気がしていた。それも原因しているのかもしれない。

なんとなく額《ひたい》辺りが冷え冷えとする。冷や汗が滲《にじ》んできた。伝票箱を抱える腕がしびれる感じもする。

——風邪《かぜ》かな。

ようやく階段の踊り場に着いた。もう少しで二階だ。

目の前が急に暗くなった。足がふらつく。冷や汗がどっと噴《ふ》き出てきた。心臓が高鳴る。腕から力がすっと抜けた。ガタガタという、床に何かが当たる大きな音。伝票箱が落ちて、中の伝票が散乱したのだろう。膝《ひざ》から崩れ落ちる。

——ああ、何も見えない。

身体《からだ》が倒れる感覚がある。辛《かろ》うじて手を床につけた。だが身体を支えられない。頬《ほお》に冷たいものが当たった。床に顔を打ちつけたのだろうが、不思議《ふしぎ》と痛みは感じなかった。

——このまま死ぬんだ。誰か、誰か助けて……。

床から振動が伝わってくる。急いでいる様子だ。

——大変、誰か、誰か来て！

騒いでいる声が、徐々《じょじょ》に遠くなっていく。

二

「主水さん、おはようございます」

生野香織がいつも通り明るく挨拶《あいさつ》をしてくる。

「おはようございます」

主水は、昨夜から支店の入り口に放置されたままになっている数台の自転車を片付けていた。支店の自転車置き場に運び入れておくのだ。自転車を放置しないようにとの注意看板を立てているのだが、守らない困り者がいる。

ただし、今日は、酔漢《すいかん》の反吐《へど》などがなくて爽《さわ》やかな気持ちだ。

近くに繁華街《はんかがい》があるせいで、時折、主水が朝一番に出勤すると、茶色くこびりついた嘔吐物《おうとぶつ》があったりする。一見しただけで朝の爽やかさが吹っ飛んでしまう光景だ。

そんな時、主水は、水とブラシで丁寧《ていねい》に掃除《そうじ》をするのだが、銀行の支店と分かって反吐を吐く奴がいるとしたら、相当、恨《うら》んでいるに違いない。他にも場所はあるのだから、そっちへやればいいものを、わざわざ銀行を汚すのなら、恨み以外にはないだろう。

——銀行とは随分《ずいぶん》、罪つくりな仕事をしているのかもしれない。

主水はそんなことを思いながらいつも掃除をしている。

「主水さん、おはようございます」

香織の後ろから駆け寄ってきたのは椿原美由紀だ。軽やかにスカートを翻《ひるがえ》して走ってきた。

高田通り支店の人気を二分する二人が揃《そろ》い踏みすると、朝から周囲が華やかになる。主水にとって至福の瞬間だ。

「おはようございます」

主水が返事をする。

美由紀の顔が少しだけ曇《くも》っている気がする。

毎朝、行員たちの顔を見ていると、誰が元気で誰がそうでないかは、ひと目で分かるようになってくる。

——どうしたのだろうか。

「ねえ、主水さん」

美由紀が立ち止まって話しかけてきた。香織も傍《そば》に寄ってくる。

顔を近づけ、声を潜《ひそ》めた。

「知ってますか？」

美由紀が主水と香織の顔を交互に見つめる。

「はて、何をでしょうか？」

「話していいのかな？」

「気になるじゃないの。話してよ」

隣で香織が急《せ》かす。

「昨日、小枝子が階段の踊り場で倒れたでしょう」

「それは知っています。大変でしたね。たまたま美由紀さんが見つけて、病院に連れていったと聞きましたが……」

小枝子が倒れた時、美由紀は二階の営業室から一階に下りていくところだった。美由紀は慌《あわ》てて駆け寄って小枝子を抱くと、人を呼んだという。

「そうなんですよ。どさっという何かが倒れる音がしたと思って見たら、人じゃないですか。もうびっくりして駆け寄ると、小枝子だったんです。救急車を呼んでもらって、私と難波課長が同乗して病院に急いだんです」

「ＡＥＤは使わなかったのですね」

自動体外式除細動器《じよさいどうき》（ＡＥＤ）は、緊急時に心臓にショックを与え、拍動を促《うなが》すという機器である。素人にも簡単な手順で使用できるので、公共スペースには設置が義務付けられている。もちろん銀行の店舗にも設置され、万が一の場合に備えるようになっている。

「それよりも救急車が先だと思ったんです。問題はその後、噂《うわさ》で……」美由紀の表情がひと際《きわ》、険しくなった。「やっぱり話すの、よすわ」

「んもう、気を持たせるんだから」

香織が身体を捩《よじ》って、焦《じ》れた。

「美由紀さん、言いたいことを黙っていると便秘と同じで身体によくないですよ」と言った主水はすかさず口を押さえて「女性に便秘とは失礼しました」と苦笑した。

「そうよ、主水さんの言う通り。話しちゃいなさい」

香織が加勢する。

「じゃあ、耳を近づけて」

「こうですか？」

主水は言われるままに耳を美由紀に近づけた。香織もそれに倣《なら》う。

朝っぱらから女性に耳を近づけ、傍《はた》から見てもひそひそ話をしているのが丸わかりで、主水はどうにも居心地《いごこち》が悪い。

「えっ。ホント！」

香織が思わず声を張り上げてしまい、慌てて口を塞《ふさ》いだ。

主水は声こそ上げなかったが、目を見開いた。

「しっ」

美由紀が唇《くちびる》に人差し指を当てた。

「おめでたということで……」

主水は小声で呟《つぶや》いた。

「でも」香織が顔を突き出すようにして「でも小枝子、独身です」と囁《ささや》いた。

「そうなのよ。独身のはずでしょ。だれかと付き合っているって聞いたことある？」

美由紀も声を抑《おさ》えた。

香織が首を横に振る。

「難波課長は、ご存じなのですか？」

主水の質問に、美由紀はしっかりと頷《うなず》いた。

「でもおめでたなのですから、いいことではないですか？　最近は、できちゃった結婚も普通ですから、だれかと付き合っているんでしょう」

「そうだといいんですけど。彼女、地味だからあまり噂は聞かないですけどねぇ」

美由紀はあくまで心配だという表情をした。

「難波課長は、なんておっしゃっていましたか？」

「私に、小枝子が付き合っている相手を知っているかって聞かれましたけど。私が、知らないって言うと、そうかって」

「この話、みんなに知られちゃ拙《まず》いの？」

香織が尋《たず》ねた。

「拙いかどうかは分からないけど、付き合っている相手が分からないと微妙ね。でもすぐに支店の噂になるわ。私たちが黙っていてもね。私だって、こうして話したくなっちゃったのだから」

後ろめたそうに美由紀が表情を歪《ゆが》めた。

主水は、小気味よく二つ手を叩《たた》いた。

「さあ、この問題は喜ばしいことだと思いましょう。でもちょっと小枝子さんをケアしないといけませんね」

安定期に入ればいいのだが、流産でもしたら大変なことになる。

主水は密かに小枝子を気遣《きづか》おうと決めた。

「そうね。赤ちゃんができるんだから、何をさておいても嬉《うれ》しいことよね」美由紀の表情が少し明るくなった。「主水さんに話してよかった」

「黙っていると、便秘になるから」

香織が笑った。

*

開店後、ロビーで主水が客の案内をしていると、

「何言ってんだよ」

と、いきなり客の怒声が聞こえてきた。ローカウンターで難波課長と向き合って座っている男が発した怒声だ。

短く刈《か》った髪に整えられた顎鬚《あごひげ》、そして頬骨《ほおぼね》が突き出た険《けん》のある顔である。淡《あわ》いピンクのシャツに茶色のジャケットを着ている。シャツの胸は大きく開いており、一見して派手《はで》な印象だ。

難波は眉根《まゆね》を寄せ、表情は極めて厳しい。

――トラブルだな。

主水は二人を注視した。

「だから振込みの受取り書があるんだぜ。それなのに十万円がなぜ先方に届かないんだ」

男は強い口調で難波に迫っている。

「お調べしておりますのでもう少しお時間を頂けますでしょうか」

「お時間？　何を言ってんだ。昨日《きのう》も同じことを言っていただろ。いい加減にしやがれ。相手は金を受け取れなかったって怒ってるんだ。俺の信用がなくなっちまったんだぞ。この信用失墜《しっつい》はどう取り戻してくれるんだ」

男はしつこい。どうやら振込みのトラブルのようだ。

「大変失礼とは存じますが、受取り書をお見せいただけませんでしょうか？」

「ああ、これだ」

男が何かをカウンターの上に置いた。

「それを当方で少しの間、お借りするわけにはいきませんでしょうか？」

難波はあくまで丁寧《ていねい》だ。男が振込みの証拠だという受取り書を事実解明のために預かろうというのだ。

「いやだね。あんたに預けたら、改竄《かいざん》されちまうだろう」

「片桐《かたぎり》様、絶対にそのようなことはございません」

「信用できないな」

男は片桐というらしい。ローカウンターの上に置いた受取り書を再びジャケットのポケットにしまい込んだ。

「私どもの役割はお客様の大切な資金をお預かりして、ちゃんと相手様に届けることです。片桐様がおっしゃるようなことはないと信じております。それを調べるためにもぜひ受取り書をじっくり拝見させていただきたいのですが……」

難波は低姿勢を貫いている。

他の客がいるため、片桐を興奮させ、これ以上大声を出させるわけにはいかない。

「片桐様、立ち会いの下でコピーをさせていただくのはどうでしょうか? 振込み受取り書を確認させていただかねば、銀行として対処が難しいのですが……」

難波は僅《わず》かに語気を強めた。

「お前、客を疑うにもほどがあるぞ。さっさと振込みの金、十万円と詫《わ》び料、おっと、これを言うと恐喝《きょうかつ》になってしまう。銀行の誠意をプラスして俺に返してくれればいいんだよ。それで済むんだ」

「ですから受取り書を……」

「これは渡せない。渡したら、お前らのいいようにされてしまうだろう。ここに受取り日は九月一日、担当は内海って判が捺《お》されている。見えるだろうが」

片桐は一旦しまった受取り書を再度カウンターの上に置いた。難波がそれを手に取ろうとすると、寸前で引っこめる。

——怪しいな……。

主水は、上着のポケットから万年筆を取り出し、キャップを取った。客用の記帳台の前でキャップの部分を片桐に向けた。

キャップにはレンズが内蔵されてあり、高性能のカメラとなっているのである。シャッターはキャップの頭の部分だ。シャッター音は消してある。

片桐の横顔を写す。正面から撮りたいと思い、「こちらを向け」と念を送る。可笑《おか》しいものでこうすると念が本当に届くのか、片桐は何かの気配を感じたかのように振り向いた。

シャッターを押す。片桐の顔を正面から写すことが出来た。主水は再び、万年筆をキャップに納める。

「八日の火曜日に来る。それまでには結論を出しておけ。もしぐずぐずしていたらマスコミに垂れこんで、銀行が俺の金を盗んだって言ってやる。みんな銀行不信だから記事になるぞ。そうなっても俺は知らないからな」

片桐は立ち上がると、まるで見得《みえ》でも切るように難波を見下ろし、肩を揺すって歩き出した。

難波は慌てて立ち上がり、片桐に低頭した。

片桐は、首だけ回し、難波を睨《にら》みつけると「八日だぞ」と口を尖《とが》らせた。

「邪魔《じゃま》だ」

出入り口の脇に立っていた主水の肩に、片桐の肩が触れた。

片桐は威嚇《いかく》するように主水を睨んだ。片桐を避けることはできたのだが、主水がわざと当たったのである。

「失礼いたしました」

主水は頭を下げながらも片桐を観察した。片桐は、さらに文句をつけようかとしたが、主水の視線に押し返されたのか「気をつけろぃ」とだけ言い捨て、外に出ていった。

「大変ですね」

他の客がいなかったので主水は難波に近づき、慰《なぐさ》めの言葉をかけた。

「十万円の振込みなんかＡＴＭでやってくれればいいんですよ」

難波は腹立たしげに悪態《あくたい》をついた。

振込みは、今は、現金自動預払い機（ＡＴＭ）で行なうことができる。

現金なら十万円まではＡＴＭで振り込むことが可能だ。ＡＴＭによる現金振込みには以前から制限が定められていたが、「オレオレ詐欺《さぎ》」などの被害を防ぐために、近年、十万円が上限となった。なお、他の預金から振り替えて振り込む場合は、金額の制限もない。

一方、窓口で振り込むなら現金でも金額の制限はない。

「手数料がＡＴＭならいくらか安いですからね」

主水の言う通り、ＡＴＭで振り込む場合は、三万円以上なら他行宛《あて》六百四十八円、未満なら四百三十二円。対して窓口で振り込む場合は、三万円以上は他行宛八百六十四円、未満は六百四十八円の手数料がかかる。ＡＴＭと比べて二百円ほど高くなっているのである。

主水も振込み客はできるだけ手数料が安いＡＴＭの方へ誘導するように心がけていた。たとえ高齢者であっても、主水が操作を教えると、次回からは進んでＡ

ＴＭで振込みを行なうようになる。待ち時間がＡＴＭの方が短くて済むからだ。銀行にしてみてもＡＴＭの利用促進《そくしん》は事務の効率化になる。

しかし、「窓口の女性行員と一言、話したい」という客や「ＡＴＭはちょっと苦手」という高齢者は多い。そういう客は主水が誘導してもＡＴＭを操作しようとはしない。

受取り書の日付によると、九月一日に片桐は十万円の振込みを行なったようだ。年齢は四十代半ばだろう。年齢からみて、ＡＴＭ振込みには充分慣れているはずである。わざわざ窓口で振り込んだのは怪しいとまでは言い切れないが、やや解《げ》せない気がする。

「受取り書を偽造しているに違いないんですがね」

難波は悔《くや》しそうに口元を歪めた。

「偽造ですか？」

主水は聞き返した。

「ええ、窓口で振込みを受け付けますと、五万円以上なら受取り書という客の控えに収入印紙を貼って、それに出納判《すいとうはん》を捺して返すんです」

「それを偽造したと言われるんですか？」

「ええ、コンピュータには振込みの記録がありませんから、何らかの形で受取り書を入手して、出納判の日付や窓口担当の名前を改竄し、振込みしたと言い張っているのでしょう。だから受取り書の現物をこちらに確認させないんです。それに決まっています。しかし、客がクレームを言っている以上は、とことん調べて納得してもらうのが銀行員の務めですからね」

「もしそうでなかったら……」

「窓口の担当が、受取り書だけを返却して、実際には振込みを行なわず現金を着服したことになります」

「その可能性はあるんですか」

主水の問いに、難波はこれ以上ないという険しい表情、怒りの籠《こ》もった表情になり「あり得ません。そんな行員はうちの支店にはいません」ときっぱり言い切った。

「すみません。あくまで可能性としてです」

「いや、こちらこそすみません。心配してくださっているのに。昨日、斎藤さんが体調不良で倒れましたが、あの時、片桐さんの振込み当日の伝票を調べてもらおうとしたのです。そうしたら急に病院に行くことになってしまって……」

難波は、ふたたび表情を曇らせた。今度は小枝子の妊娠《にんしん》に考えが及んだに違いない。

「振込みの事実はあったのですか？」

主水の問いに、難波は苦渋《くじゅう》に満ちた表情で首を横に振った。

「振込み伝票はなかったのですか」

「ええ、斎藤さんがああいうことになったので別の者に調べさせましたが、伝票はありませんでした」

「窓口の担当はだれだったのですか？」

「内海さんです」

「内海さんは仕事は堅実《けんじつ》だと伺《うかが》っていますが、あの片桐という男の振込みを受けた記憶はあるんでしょうか？」

「それが……」難波は苦しそうに言葉を選びながら、「覚えてはいないそうです。月初で忙しい日でしたので、昼の交代で営業担当の山岸《やまぎし》君が窓口に出たのですが、彼はあまり振込み事務に習熟してません。混雑する客を捌《さば》くのが精いっぱいだったみたいです」

「それでも出納判の名前を山岸に変更するでしょうから、山岸君が受け付けたかどうか分かりますよね」

出納判を使用する場合は、自分の名前が受取り書に捺されるようにしておかねばならない。この場合であれば、内海から山岸に変更しておくのが手続きに定められている。

「それが……」難波が言葉に詰まった。

「名前を変更してなかったのですか」

「そのようなのです。臨時だからいいか、と思って山岸君はそのまま内海さんの名前で出納判を使ったようなのです」

山岸亨《とおる》は、営業は得意だが、やや事務面が杜撰《ずさん》だという評判がある。

主水は腕を組み、今回の問題を頭の中で整理しようと試みた。

まず、片桐が実際に窓口に来て振り込んだ場合。内海か山岸かがこれを受け付けたとすると、彼らのいずれかが受取り書を返却しただけで実際は振込みをせず、金を着服し、伝票を捨ててしまったことになる。これが最悪のケースだ。

次に考えられるのは、振込み代金は片桐からちゃんと受け取ったが、何らかの事務ミスが発生し、当日の伝票がなくなった場合。

しかしこの場合は「金が先方に送られていない」という片桐の主張を信じると

すれば、支店での勘定《かんじょう》が合わないはずだ。振込み代金の現金が振り込まれていないわけだから、九月一日当日の閉店後に店舗に残った現金が過剰《かじょう》でなくてはならない。その日の勘定はぴったり合っているから、これは考えられない。

最後に考えられるのは、難波が推察《すいさつ》しているように、片桐が何らかの手段で受取り書を入手して、それを改竄している場合。

実際は振込みをしていないにも拘《かか》わらず、銀行に苦情を言うことで金銭的報《ほう》酬《しゅう》を得ようとしているのである。

これは充分に考えられる。受取り書を絶対に難波に渡さないのが怪しい。今後、難波が片桐の態度に焦れて怒りを顕《あら》わにし、侮辱《ぶじょく》するような言辞《げんじ》を発した場合には、それを捕まえて慰謝料《いしゃりょう》を寄こせという展開にもなりえるだろう。こうなると最悪だ。

いずれにしてもあの片桐という男の素性《すじょう》を少し洗ってみる必要がありそうだった。

「ねえ、主水さん」

浮かない顔で難波が主水を見上げた。

「どうされましたか」

主水は思考を中断した。

「どうして災難ばかり起きるんでしょうか？」

「他にも何か？」

主水の問いに難波は、「女性が妊娠したからって退職させるのは違法になるんでしょうね。女性が輝く社会ですものね」とぼそりと呟いた。憂鬱《ゆううつ》で重苦しい表情だ。まるで彼の背中に世界の不幸を背負っているかのように……。

三

「ねえねえ主水さん」

香織が定食をトレーに載せて主水のすぐ隣に座った。

行員は、昼食を支店内の食堂で食べる決まりになっている。

食堂では日替わり定食の他に、うどんやラーメンなどの麺類も用意されていて、選ぶことができる。

今日の日替わり定食は、ガパオライスに野菜サラダ、トムヤムクン風のスープだ。ガパオライスとは、タイで食される、ご飯にひき肉炒《いた》めや目玉焼きを載せたものだ。エスニック料理は若い行員に人気が高い。

主水は、余程《よほど》の事がない限り、うどんなどの麺類に決めている。一番、胃に負担がない気がするからだ。今日のうどんには海老《えび》のかき揚《あ》げが載っている。やや濃い目の汁だが、出汁《だし》もきちんと取ってあり、美味《うま》いと思う。

「はい、なんでしょうか」

主水はうどんを飲み込んだ。

香織の表情が浮かない。

「ひどいと思いませんか」

「なにがですか」

香織は、周囲に目を配った。幸《さいわ》い食堂にはまだ人が少ない。交代で食事をする慣例になっているから、もうすぐ混み始めるだろう。

「小枝子を無理やり退職させようとしているんですよ。難波課長が……。許せません」

香織は主水だけに聞こえるように声を潜めた。

香織の表情が浮かないのは、小枝子を心配しているだけではなく、怒りを内包しているためだったのだ。

「妊娠が理由ですか？」

「そうなんです。みんな怒っています」

「みんな？」主水は訝《いぶか》しんだ。「みんなって、斎藤さんが妊娠したことをみんな、知っているんですか？」

香織は周囲を見渡して「ええ」と頷いた。

主水は、ふっと息を漏《も》らし、苦笑を浮かべた。

「なにがおかしいんですか」

「なかなか秘密って守れないものだなと思いましてね」

食堂の壁に掛けられた時計の針が正午をさした。人が増えてきた。香織の表情に警戒が浮かんでいる。

「みんながみんな、知っているというわけじゃないですが、小枝子が倒れたのは妊娠したためだと誰かが言い出したんでしょうね。でもそんなことより、辞めさせようというのはひどいと思いませんか」

香織は、ガパオライスの目玉焼きをスプーンで崩した。

「分かりました。お話を聞きますから、まずは食事を終えましょう」

主水もうどんを啜《すす》った。

「はい。絶対に主水さんに聞いてもらおうと思っていたんです」

香織がひき肉炒めをたっぷり載せたご飯を口一杯に頬張《ほおば》った。

「なにひそひそ話しているの?」

美由紀が、やはりガパオライス定食をトレーに載せて近づいてきた。

「美由紀、例の件よ。主水さんに聞いてもらおうと思っているの」

香織が言うと、美由紀はトレーを主水の隣に置き、腰かける間もなく「ひどい話でしょう?」と同調した。

主水は、難波の憂鬱な顔を思い浮かべた。小枝子の件は、難波をかなり悩ませているに違いない。

香織と美由紀が食堂の入り口に目をやった。小枝子が来たのである。俯き気味で表情は暗い。

主水はうどんの汁を飲んだ。やはり少し今日はしょっぱいかもしれないと思った。

＊

「さあ、ここなら大丈夫ですよ。誰も聞いていません。思う存分、憤懣《ふんまん》をぶつけてください」

主水は柔《やわ》らかく微笑《ほほえ》んだ。

目の前には香織と美由紀がいる。

高田町稲荷《いなり》神社の参道脇に空へと真《ま》っ直《す》ぐ伸びた銀杏《いちょう》並木の葉は、まだ緑を残している。黄色く色づくのはもう少し先だろう。

「今日、小枝子が難波課長に呼ばれたんです。それで退職を促されたらしくて」

美由紀が表情を曇らす。

「妊娠を理由にですか?」

「ええ、そうなんです。ひどいわ」

香織が怒気をはらんで言った。

「マタニティハラスメントになる可能性がありますね。この銀行は妊娠、出産で退職する暗黙の了解があるんですか?」

銀行は古い経営体質を引きずっている。女子行員は妊娠、出産すればなんとなく辞めざるを得ない雰囲気になり、退職することが多いと聞いたことがある。

しかしそれは昔の話であり、今ではそんなこともないだろうと主水は思っていた。今でも慣例として続いているのだろうか。

「今もあります。マタハラです」

「古いですね」

「産前産後の休みや育児休暇はありますから、先輩の中には子育てしながら勤務している人もいます」

美由紀が補足した。

「じゃあ、今では全員が妊娠、出産で退職するということではないんですね」

主水は念を押した。

「ええ」香織は首を傾《かし》げた。「自分の都合で辞める人はいますが、今では、妊娠、出産しても勤務できます」

「ではどうして、斎藤さんは難波課長から直々《じきじき》にそんなひどい仕打ちをされねばならないんですか？」

主水は当然の疑問を口にした。

香織と美由紀が顔を見合わせ「やっぱりあれかな？」と囁き合った。

「あれと言いますと？」

「主水さんの耳には入っていないんですね」

美由紀の表情がひどく陰《かげ》っている。

「ええ、何も」

「実は、小枝子のお腹には新田支店長の子どもが宿って……」美由紀は、今にも泣きそうになり、両手で口を覆《おお》った。ショックなのだろう。

「何ですって」

主水は大きく目を見開いた。

「あくまで噂です。そんな噂が流れているんです。そのスキャンダルをもみ消すために、小枝子を退職させなさいと、難波課長は支店長から命じられたんです」

難波が先週末、気が進まない様子だったのはそのせいなのか。しかし、まさか、あの真面目《まじめ》な新田が……。

「信じられないですね。その噂はどこから?」

「どこからって言われると分からないんですが。小枝子は八ヵ月ほど前に本店の企画部から転勤してきたんです。本店からって珍《めずら》しいなって話していました。大人しくってあまりみんなと交わらないんです。それも仕方ないなって。支店の事務は全く初めてなんですからね。新田支店長は、本店の企画部におられましたから、その時から付き合いがあったんじゃないかって噂です」

美由紀が、話を確認でもするかのように何度も香織の顔を見た。

「そんな話、誰から聞いたのですか」

「笹野《ささの》課長からかな」

笹野仁《ひとし》は、大門前営業一課長がセクハラで左遷《させん》された後任として本店営業部から赴任《ふにん》してきた。

前任の大門が傲慢《ごうまん》なタイプだったためか、笹野は真面目で、曲がった道も直線で歩くようなタイプだ。新田支店長の噂を流すとも思えない。

「私は、洋子から聞いたのかな。よくわかんない」

香織は内海洋子の名前を挙げたが、噂の発信源ははっきりしないようだ。

「斎藤さんは何と言っているんですか？」

「何も話さないんです」香織が深刻な表情で言った。「噂は耳にしているみたいですが……。私、小枝子と親しいので、それとなく『おめでとう』って言ったんですが、微笑むだけで何も話しません。誰の子どもか、誰と付き合っているのか、何も言わないんです」

香織は眉根を寄せた。

「それで不倫《ふりん》の結果、妊娠したという噂になって、かつて本店にいた支店長が怪しいと尾ひれがついたのかもしれないわね」

美由紀が自分を納得させるように何度か頷いた。

「噂の元は分からないけど、捨てておけませんね」

主水は厳しい表情で断じた。

「支店の雰囲気《ふんいき》が最悪になりそうなんです。新田支店長への不信感は募《つの》るし、小枝子の本当の相手は誰かとか……。それに難波課長のマタハラは許せないとか。主水さん、何とかしてください」

美由紀と香織が同時に頭を下げた。

「私……ですか？」

主水は戸惑いを覚えた。どうやって噂の真偽《しんぎ》を確かめればいいというのだ。

と、その時、主水の携帯電話が鳴った。探偵《たんてい》事務所の元同僚からだ。

――あいつの身元が分かったのだろうか。

＊

第七明和銀行高田通り支店の支店長新田宏治は、本店審査部からエレベータホールへと続く廊下を鬱々《うつうつ》とした思いで歩いていた。

地元企業を支援する案件が思うように審査を通過しないのである。長く取引しているファッション関連のキャメル・オーノ社だが、本社ビルを新築した際の資金負担が大きすぎた。ビルの建設は二〇〇八年。新田の三代前の支店長の仕事だ。当時、高田通り支店は業績不振で苦労していた。そこへ業績好調なキャメル・オーノ社が、思い切って本社を建設したいと言ってきた。

本社ビルなどというのは不要不急のものだ。「普請病《ふしんやま》い」という言葉があるくらいで、贅沢《ぜいたく》な建物を建てたことをきっかけに業績不振に陥《おちい》る企業も多い。

しかしキャメル・オーノ社は、創業三十周年の記念事業の一環として一歩も譲《ゆず》らなかった。投資額は約百億円。大変な金額だ。当時の売上は百億円以上あり、利益も数億円と、充分だった。数年で返済できる、賃貸《ちんたい》にも回す、などとキャメル・オーノ社の社長は豪快に計画をぶち上げた。

当時の支店長は、一も二もなく計画に飛びついた。審査部も何の問題も指摘せず、ゴーサインを出したのだ。

二〇〇八年九月、本社ビルが完成し、盛大に完成披露《ひろう》パーティが催された。旧第七銀行からも多くの役員が出席した。

ところがテープカットが行なわれている、まさにその時、アメリカでは証券会社リーマンブラザーズが破綻《はたん》していたのだ。

当時の財務大臣は「蜂《はち》のひと刺し」とリーマンショックを軽視したが、日本経済は底なしの低迷に沈むことになった。

キャメル・オーノ社の売上は激減し、赤字になった。審査部は手のひらを返したようにキャメル・オーノ社を要注意先に認定し、融資の前倒し返済を求めるようになった。

キャメル・オーノ社の社長は、なんとか銀行からの要求を凌《しの》ぎ続けてきたが、ここに来て行き詰まりを見せ始めた。

新田は、社長と図《はか》り、支援先を見つけ、何とか再建を果たしたいと願っている。なぜなら高田通り支店にとってキャメル・オーノ社は最大級の与信先であるからだ。その破綻は高田通り支店に取引のある中小企業にとっても大打撃である。キャメル・オーノ社は取引先の中小企業から材料等を仕入れたり、中には子弟を社員として勤務させたりしていたからだ。多くの取引先が第七明和銀行とキャメル・オーノ社の動向を注視している。もし無慈悲《むじひ》にキャメル・オーノ社を破綻させるという事態になれば、他の取引先も逃げ出す懸念《けねん》がある。

幸い、支援先は見つかりそうだ。景気は徐々《じょじょ》に上向きつつあるからだ。だが、最終的な支援の合意を取り付けるまでには時間を要する。それまで資金繰りを繋《つな》がねばならない。今日、新田は、その資金を審査部に頼みにきたのだった。

――まるで他人だ。同じ銀行とは思えない。

審査部長が旧明和銀行出身だからだろうか。

新田は旧第七銀行の出身だ。出身銀行が違うから支援を渋るなどという馬鹿げた意地悪はないだろうが、それにしても「検討します」を繰り返すだけだ。いつまで検討し続けるつもりなのだ。とにかくキャメル・オーノ社の再建をやり遂《と》げなければならない。

――頑張《がんば》るしかないか……。

顔を上げると、向こうから歩いてくるのは、専務の綾小路英麻呂ではないか。

――嫌な奴に遭《あ》ってしまった。

綾小路が新田に近づいてきた。薄い唇を引き上げている。本人は微笑んでいるつもりなのだろうが、新田にとってみれば酷薄《こくはく》な印象だ。

新田は、綾小路と決して敵対したことはない。同じ部署で働いたこともない。綾小路は秘書や企画など本部畑が多いが、新田は営業部を渡り歩いてきたからだ。企画部にいたことはあるが、綾小路と同じ時期ではない。

　彼は自分とは体質が違うと、新田は感じている。旧第七銀行と旧明和銀行が合併《がっぺい》するに当たっても、新田はそれほど旧明和銀行をライバル視してはいない。

　――あれは半年前のこと、綾小路の声がかりで都内の支店長数人が居酒屋《いざかや》に集まった。そこで綾小路が旧明和銀行の悪口を言った。私はそれに対してほんの少しだけ反論をしたが、あの時の綾小路の表情は、ぞっとするほど冷たかった。『そんな甘いことを言っていると君のポストはない』と言い捨てたのだ。あれ以来、綾小路が主催する支店長のプライベートな会に呼ばれることはなくなってしまった。気にし過ぎだろうか……。

「専務、いつもお世話になっております」

　新田は、自ら進み出て綾小路に挨拶をした。

「新田さん、ご無沙汰《ぶさた》です。今日は、審査部にいらしたのですか？」

　綾小路が薄い唇を動かす。

「はい、なかなか首を縦に振っていただけませんので頭の痛いことです」

「熱心に通うしかありませんね。いつか誠意が通じるものです」

　綾小路の口から誠意などという言葉を聞くとは思わなかった。

「そうであればいいと思いますが、合併後は、案件が通りにくくなったのでしょうか?」

新田が愚痴《ぐち》ともつかぬことを言うと、綾小路は急に真面目な表情になり「めったなことを言うもんじゃありません。壁に耳あり、障子《しようじ》に目ありですぞ」とたしなめた。

「申し訳ありません」

新田は慌てて頭を下げた。

綾小路が新田の耳もとに口を寄せた。新田はどうしたのかと身構えた。

「女にはくれぐれも気をつけなさいよ」綾小路は耳打ちし、笑みを浮かべた。細い目で新田を見つめると、手を口に当て「ほっほっひっひっ」と引きつるような奇妙な笑い声を上げる。

「あ、あのぅ」

新田は慌てて綾小路に申し開きしようとしたが、言葉が上手《うま》く出なかった。

「それじゃあ、また」

綾小路は手を口に当てたまま、軽く会釈《えしやく》をして去っていく。

――なぜ、あの噂が耳に入っているんだ……。

新田は綾小路の去っていく背中をじっと見つめていた。

＊

「なぜ私が辞めなきゃいけないんですか」

突然、閉店後の一階フロアに小枝子の悲鳴のような声が響き渡った。

フロアの隅に作られた応接室のドアが勢いよく開き、中から小枝子が飛び出してきた。涙を拭おうともせず、興奮している様子だ。

「おいおい、斎藤君、ちょっと待ちなさい」

続いて難波が出てきた。

そして少し遅れて副支店長の鎌倉春樹が現われた。鎌倉は、硬い靴底でも噛《か》んだような苦しそうな顔をしている。口をモゴモゴさせているが、何も言わない。

主水は驚いて声の方を見た。ロビーで椅子の並びを直しているところだった。

他の行員たちも全員、小枝子に注目した。

「斎藤君、みんないるんだ。大きな声を上げるのはよしなさい」

難波が必死で小枝子を宥《なだ》めようとする。

「子どもが出来たら辞めるなんて、おかしいです。マタニティハラスメントで訴えます」

「訴えるなんて、そんなことを言っちゃだめだよ」

ようやく鎌倉が口を開いた。

「誰も辞めなさいとは言っていないでしょう。妊娠のことが本当なのか確認したかっただけだよ。それに支店勤務が辛ければ関係会社にちゃんと職を斡旋《あっせん》するからと言っただけじゃないか……」

難波が小枝子に近づく。

「私はここで働きたいんです」

小枝子が言い放った。周りが目に入っていないのか、声を抑えようともしない。

居合わせた行員の誰もが仕事の手を止め、騒ぎを見守っていた。

「みんな、自分の仕事をしなさい」

鎌倉が騒ぎを注視する香織たちを制した。

「主水さん、大変、大変」

香織が主水に囁いた。

「そのようですね」

仕事が一段落した香織は、主水を手伝ってロビーの椅子を並べ直していたのだ。主水は頷いて成り行きを見守った。あの噂が小枝子の口から暴露《ばくろ》されたら、大騒ぎになる。

「落ち着きなさい。話し合いましょう」

鎌倉が言い含める。堅く真面目な男の顔が緊張していた。

「子どもの父親が問題なんですか。だから辞めさせられるんですか」

小枝子の絶叫《ぜっきょう》。

時間が止まった。難波の、鎌倉の表情が固まっている。主水も香織も動きを止めた。水を打ったようなという表現があるが、そんな生易《なまやさ》しさではない。誰もが凍《こお》りついている。

「だから私がこの支店にいたら都合が悪いんですか？　そうでしょう？　何とか言ってください」

沈黙の海となったフロアに、小枝子の甲高《かんだか》い声が金属音のように響き渡る。その他には息を呑む音さえ聞こえない。

小枝子と新田支店長との噂が流れていたのは誰もが知っている。しかし、それはあくまで噂だ。その真偽《しんぎ》がまさか本人の口から発せられるとは……。この場にいる誰もが衝撃に打ちのめされていた。

主水は、微《かす》かな足音に気づいて、ふと階段の方に顔を向けた。硬い靴音が次第に大きくなっていく。ゆっくりとした足取りだ。

二階から下りてきたのは、新田だった。騒ぎに気づいて出てきたのだろう。新田の端整《たんせい》な顔はいつもと変わらない。落ち着いている。意外だ、と主水は思った。若い女性が、それも部下の女子行員が、自分の子どもを身ごもったと騒いでいるのだ。それなのにあの泰然自若《たいぜんじじゃく》とした様子は、どうしたわけだろうか。

新田が一階のフロアに下り立った。その場にいる全員の視線が集まる。小枝子も興奮からか身体を小刻みに震わせて、新田を涙目で正視した。その目は赤く濁《にご》っている。

「騒がしいようだね」

新田の第一声はやはり落ち着き払っている。そのひと言が合図となり、鎌倉が「はっ、申し訳ありません」と頭を下げる。慌てて難波も頭を下げた。

「主水さん、どうなっちゃうの?」

香織が小声で言った。心配で顔が青ざめている。

「私にも分かりませんねぇ」

主水は言い、新田を凝視《ぎょうし》する。

新田がフロアをゆっくり歩き、営業室内に入っていく。誰もが固唾《かたず》を呑んでその動きを見守っている。カツッカツッという靴音だけが反響する。もしここが舞台であれば、新田と小枝子にだけスポットライトが当たっていることだろう。周囲の人間たちは全員暗がりの中に沈んでいる。

新田が小枝子の前に立った。小枝子の視線を受け止めている。小枝子は両手を胸の前に合わせ、まるで何かを拝んでいるようだ。涙が滲み、大きく見開いた目が血走っている。身体は固まったままだが、小刻みに震えているのが、主水にはよく見えた。

「斎藤さん、落ち着きなさい」

新田は優しく諭《さと》した。

その途端、小枝子は、急に身体を反転させると、営業室から飛び出した。そのまま支店を出てしまう勢いだ。小枝子は既に私服に着替えているから、そのまま外に出ても問題はない。

「斎藤君！」

鎌倉が声をかけた。

難波も追いかけようとした。

「追いかけなくてもいい。帰らせなさい」

新田が難波の動きを制した。

「よろしいんですか」

難波の問いに、新田は頷いた。そして「騒がせてすまない」と言い、その場にいた行員たちにも頭を下げた。その眉根には深く皺《しわ》が刻まれていた。まさに沈痛《ちんつう》といった表情だった。

「いったいどういうことかしら?」

香織が訝《いぶか》しんだ。小枝子が逃げるようにして帰った理由が分からないのだろう。香織や他の行員たちは、例えば小枝子が新田に食ってかかるだとか、目も当てられない愁嘆場《しゅうたんば》が演じられると半ば野次馬《やじうま》的に予想していただろうから。

「さあねえ、複雑ですね」

主水は嘆息《たんそく》した。

「主水さん、調べてください。出番ですよ」

香織が興奮気味にけしかけた。

この騒ぎを〝あの男〟に報告したものかどうか。新田の子どもを小枝子が宿したという噂も、まだ報告していないが……。

「どうしたものかなぁ」

主水は一人ごちた。

＊

高田町の東側には川が流れている。昔は清流で流れも速かったといい、時には溢《あふ》れたようだ。今は深く掘り下げられ、コンクリートの堤防が築かれている。近年では川の周辺が公園として整備され、カフェなどがオープンするようになった。

リバーサイドテラスは、名前ほどお洒落《しゃれ》ではないが、川沿いの気取らないオープンカフェだ。テラス席でシャンパンを傾《かたむ》け、気が向いたら階段を下りて、川沿いの公園に行くこともできる。

主水が午後七時ぴったりに到着すると、予約した川沿いのテーブルには既《すで》に一人の男が座っていた。茶色のジャケットを着ている。

——奴だな。

ロビーでこっそり撮影した写真と全く同じ顔の男だ。間違いない。見知らぬ主水に突然呼び出されたというのに、男は悠々《ゆうゆう》とシャンパンを飲んでいる。

男の名前は片桐道夫《みちお》。情報によると片桐は暴力団の組員ではないが、かつては暴力団に関係していたこともあったようだ。現在は堅気《かたぎ》になって新宿でバーを経営しているが、元プロボクサー。情報を提供してくれた探偵事務所時代の元同僚が、「喧嘩《けんか》はするなよ」と笑いながら主水に忠告した。

「お待たせしました」

主水は片桐の正面の椅子に腰を落とす。

片桐は、シャンパングラスをテーブルに置き、顔を上げた。

「お前か……。なかなか結構な知り合いがいるじゃないか」

元警察官である探偵事務所時代の元同僚は、片桐にも事前に連絡を取ったようだ。

「それは失礼しました」

ウェイターが来たので話を中断し、主水はコーヒーを頼んだ。

「お前、何者だ？　あいつは特に何も言わなかったが……」片桐は主水の顔をじっと窺《うかが》っている。「どこかで会ったかな」

「はい、第七明和銀行高田通り支店でお会いしました」

主水は、正直に打ち明けた。

片桐は、全ての記憶が一本につながったかのように目を輝かせた。「ああ、お前、ロビーにいた奴だな」と納得する。シャンパンを一気に飲み干し「それで銀行の奴が何の用だ」と威勢《いせい》よく胸を反《そ》らせた。

「私、支店で雑用をこなす庶務《しょむ》行員の、多加賀主水と申します。本日は、お呼び出しして申し訳ありません。実は、お願いがあって参りました」

「これか？」

片桐は、テーブルの上に振込みの受取り書を置いた。

「よくお分かりで」主水はにやりと口角《こうかく》を引き上げた。

「明日が期限だと言ってある。詫び料でも添えて振込み金の十万円を持ってきたのか」

片桐は右手を上げてウェイターを呼び、「シャンパン」と命じた。

「いえ、そういうわけではございません」

「じゃあなんだよ。どんな用なんだ」

片桐は、運ばれてきたシャンパンに口をつけた。

「それ」主水は受取り書を指差した。「返してほしいのです」

「黙って返せってか？　何もなしに？」

片桐はシャンパンを半分ほど飲んだ。

主水は、不敵な微笑みを覗かせた。「ええ。黙って、です」

「はっはっはっ」

片桐は、周囲を憚らず笑った。

「おかしいでしょうか」

主水は真面目な表情を崩さず、片桐を睨《ね》めつけた。

「おかしいね。これは金だぜ。それを黙って、ただでかい？」

「片桐様がこのまま銀行にごり押しされると刑事事件になりかねません」

主水は静かに告げた。

「なぜ刑事事件になるんだい？　俺は自分の金を返してくれと言っているだけだぜ」

「振込みはなさっていないでしょう？　受取り書を確認させていただければ分かるはずです」

片桐の言い分が正しいのかもしれない。そうであれば支店内で現金の横領《おうりよう》が行なわれたという公算が高まる。主水は、横領はないと信じていた。だから片桐が振り込んでもいないのに振り込んだと虚偽《きょぎ》を主張している方に賭《か》けた。

「俺は振り込んだ。金を預けた。俺の金を盗んだのはお前らだ」

「だから受取り書を確認させていただければ、全て分かります」

「あの課長に頼まれて来たのか？」

あの課長とは難波のことだろう。

「いえ、そうではありません。私の判断で来ました」

主水は微塵《みじん》も怯《ひる》まずに断言した。

片桐はしげしげと主水を見て、「お前、変わっているな。怖くねぇのか。銀行員っていうのはたいていビビる奴が多いんだが」と薄笑いを浮かべた。

「怖いですが、受取り書を渡していただければ、片桐様とのトラブルが解決すると思いますので、ぜひともお願いをお聞き入れください」

主水は馬鹿丁寧《ばかていねい》に頭を下げた。

片桐は、テーブルに置いた受取り書をジャケットのポケットに押し込んだ。そしてシャンパンを一気に飲み干す。

「渡してやろう」

「ありがとうございます」

「ただし条件がある」片桐は主水に顔を近づけると、「俺から力ずくで取るんだったらな」と挑発《ちょうはつ》し、立ち上がった。

「どうすればいいんですか」

「俺についてこい。下の公園でひと勝負だ」

片桐は、ボクシングのファイティングポーズを取ってみせた。

「そうですか。仕方がありませんね」

主水はテーブルに両手を置き、「よいしょ」と勢いをつけて立ち上がった。

*

喫茶店《きっさてん》「クラシック」の木目《もくめ》調の内装は、高原のコテージで寛《くつろ》いでいるような心地にさせる。店内には、ベートーヴェンのピアノ・ソナタ『月光』が静かに流れている。

「ここは落ち着くでしょう」

香織が目の前に座る小枝子に同意を求めた。

小枝子は俯《うつむ》いたまま、頷いた。

「私たち、あなたの味方だから」

美由紀は小枝子を励《はげ》ました。

小枝子は依然《いぜん》として黙ったままだ。せっかく頼んだコーヒーはとっくに冷めてしまっている。

「ねえ、失礼なことを聞くけど、本当にお腹の子どもは、新田支店長の子どもなの」

香織が質《ただ》した。

「新田支店長には、奥さまも子どももいるのよ。それも大学生と高校生の子どもよ。本当なら許せないわ」

美由紀がまくしたてた。

「あのぉ……」

小枝子がか細い声を発したが、

「ほんとにひどいわね。支店長の不倫相手だからって、副支店長と課長が、二人がかりであなたを辞めさせようとしたのね」と香織も憤慨《ふんがい》して鼻息を荒くする。

「あのぉ……」

小枝子は今にも泣きそうだった。何か言い出しかけては言葉にならないという感じで口を噤《つぐ》んでしまう。

「弱気になっちゃダメよ。戦いましょう。マタハラよ。これは典型的なマタハラよ」

美由紀が声を荒らげた。

「だいたいさ、女性が活躍する時代っていいながら、女が妊娠、出産したら、会社は邪魔にするのよ。配置転換したり、それまで以上に過酷《かこく》な仕事を与えたりね。法律違反ぎりぎりの苛《いじ》めをするのよ。私の友達も辞めちゃった。泣く泣くね。これじゃ出生率《しゅっしょうりつ》が下がるのも当たり前」

香織の憤慨が止まらない。

「私たち女には、子どもを産む権利があるのよ。課長たち管理者はさ、その権利を適切に守る義務と責任があると思わない？　それなのに小枝子を辞めさせようとするなんて、難波、お前も許さないぞ」

美由紀は、今にもテーブルに怒りをぶつけて叩かんばかりに拳《こぶし》を上げた。

「あぁっ」

小枝子が突然、テーブルに顔を伏せた。火がついたように泣いている。

「どうしたの？　悔しいの？」

香織と美由紀が小枝子を慰《なぐさ》めた。

「ごめんなさい。ごめんなさい。新田支店長……」

小枝子の声が涙と共に掠《かす》れ、か細くなっていく。

香織と美由紀は驚いて顔を見合わせた。

＊

テラスの下は公園になっていて、川沿いに散歩道と芝生《しばふ》が広がっている。街灯が照らしているが、公衆トイレのある近くはテラスからも死角になっていて、人の視線を避けることができる。

「あそこなら誰にも邪魔されない」

片桐は主水を案内した。

その時、主水のスマートフォンが鳴った。

「ちょっと待ってくださいね」

主水は街灯の明るみの中で立ち止まった。

「早くしろ」

片桐は舌打ちした。

主水はスマートフォンを耳に当てた。

暗がりに入った片桐はウォーミングアップのつもりなのだろうか、ステップを踏みながらジャブを繰り出していた。かなりやる気のようだ。

「はい、主水です」

「新田支店長の女性スキャンダルをなぜ報告しないんだ」

いきなり甲高い声が飛び込んできた。〝あの男〟だ。激しく怒っている。

「女性スキャンダルと言いますと、なんのことでしょうか」

主水は落ち着いて反問した。

「とぼけるな。女子行員を妊娠させたっていうじゃないか。もし事実なら新田支店長はふしだらな奴だということになる」

「そんな噂は聞いたことがあります。しかし確証はありません。でもどうして、私が報告していないのにそれをご存じなのですか？」

「そんなことはどうでもいい。妊娠の事実は確かめたのか？　君自身の目で事実を確かめてくれないと大スキャンダルになってしまうじゃないか」

スマートフォンの向こうで〝あの男〟が複雑な表情を浮かべているのが見えるようだ。〝あの男〟はスキャンダルを嫌っているのか、喜んでいるのか、いったいどちらなのだろうか。

「噂に過ぎないと思います。確かめる必要はないでしょう」

主水は断定した。

「なぜだ」

「新田支店長は、行員からも客からも非常に評判がよろしいです。女子行員を妊娠させるなどというふしだらな行為をなさるとは断じて思えません」

「それはお前の決めることではない。嘘《うそ》だろうが、真実だろうが、構わない。答えが必要だ。とにかく調査しろ。この際、妊娠話を利用して、場合によっては、新田をスキャンダルで追い詰めることも考えざるを得ない」

極めて命令口調だ。

主水は不愉快《ふゆかい》になった。あの新田が本当に女子行員を妊娠させるだろうか。またそれを理由に無理やり辞めさせようとするだろうか。どうも解《げ》せない。どうもきな臭《くさ》い。それにこの噂を、いち早く〝あの男〟が入手しているのも、気になる。

あの男は、嘘だろうが真実だろうが構わないと言い切った。やはり新田支店長のスキャンダルを望んでいるのだろうか。

――まさか……。

「失礼ですが、お伺いしていいでしょうか」

「なんだ。何を聞きたい」

「あなたがこの妊娠話を流布《るふ》されたのではないでしょうね」

主水は慎重に言葉を選んだ。

「馬鹿なことを……」

〝あの男〟は通話を一方的に中断した。主水は、黙ってスマートフォンを切り、ジャケットのポケットに仕舞《しま》った。

「お待たせしました」

主水は片桐に近づいた。

「雑用係ってやつは、随分《ずいぶん》、忙しそうだな」片桐は主水を睨み、ジャブを打つ格《かっ》好《こう》をした。「久しぶりに骨のありそうな男とやれるのは嬉しいぜ」

「喧嘩が好きなのですか」

主水が言いかけた。とその時、片桐の左足がつっつっと前に滑るように動いた。右腰が鋭く捩《よじ》れたと思うと、シュッという風を切る音が主水の左の耳元で鳴る。主水はとっさに首を傾け、風を避《よ》けた。

「いいパンチですね」

主水は左手で左頰に触れた。指先に冷たいものが触れた。見ると、人差し指と中指の先が赤く染まっている。血だ。

「俺の右ストレートを避けた奴は久しぶりだ」

片桐が嬉しそうに呟いた。

「頰が少し切れてしまいました」

主水は、片桐を強く睨んだ。そして両手をだらりと下ろした。

「おもしれぇや。どこからでも打ってこいっていうのかよ」

対する片桐は顎《あご》を低くし、両拳でガードを作った。身体を軽妙に動かし、ステップを踏みながら主水との間合いを詰めてくる。

片桐の右腕が主水の眼前で鋭く弧《こ》を描いた。素早い動きで、片桐の右腕の動きを捉《とら》えられない。主水が身体を反らし、辛《かろ》うじて避けたと思った瞬間、今度は片桐の左腰がぐっと捩《ね》じ曲がった。腰と同調し、片桐の左腕が唸《うな》るように弧を描く。主水の右頰に激痛が走った。頰骨が砕けたかと思うほどの痛みだ。身体が左方向にぐらつく。左足を地面に突き刺さんばかりに踏ん張った。

「ヒットしたな。さあ、行くぞ」

片桐の左足が一歩前に出て、上体がぐっと沈んだ。片桐の姿が一瞬、主水の視界から消えた。

主水はひらりと後方に飛び退《すさ》った。片桐の腕が今度は空《くう》を切った。

「ボディブローで一発だったのになぁ」

片桐は残念そうにこぼす。

主水の背中に汗が噴き出た。あのボディブローをわき腹に食らったら、一発で肝臓《かんぞう》が潰《つぶ》れてしまうだろう。

「なかなか鍛《きた》えておられますね」

主水は、再び両手を下ろした。

「まあな。お前も俺のパンチを避けるなんざ、たいしたものだ」

片桐の右腰が捻《ひね》られ、電光石火《でんこうせっか》の速さで右腕がすっすっと伸びてきた。主水は身体をわずかに右に傾け、片桐の右腕を巧《たく》みに避ける。

「うっうっ」

片桐が苦しそうに声を上げ、地面に倒れ込んだ。半身だけうつ伏せになっている。

一瞬のことで片桐は、自分に何が起きたか分かっていない。

いつの間にか主水が片桐の右腕を摑《つか》んでいた。主水は、片桐の右脇に膝を入れ、右腕を両腕で抱え込み、ぐっと力を込めた。片桐の右腕が、今にも折れそうなほど捩《ねじ》りあげられる。

「いててっ」

悲鳴を上げた片桐は、少しでも痛みから逃《のが》れるために身体全体を地面に投げ出した。しかしさらに主水が力を入れると、空《あ》いている左手で地面を何度も叩き、「止《や》めてくれ」と叫んだ。

「受取り書を渡してくれますか。もしダメだというなら、もっと強めますが」

主水が片桐の腕にさらに体重をかけた。

「分かった、分かった」

悶絶寸前のうめき声を聞いてようやく主水は力を緩《ゆる》め、片桐の腕を放した。

「ふう」片桐は腹這《はらば》いのまま大きく息を吐いた。

「合気道《あいきどう》か……」

「少し習ったものですから。小手返《こてがえ》しという技です」

片桐は息も絶え絶えに仰向《あおむ》けになると、主水を見上げて「あんたおもしれぇな。友達になってくれねぇか」

「友達ですか?」

意表《いひょう》を突《つ》かれた主水は声を裏返した。

「友達というのは変だな。だったら兄貴と呼ばせてくれ。いや、ください」

片桐の言葉遣《ことばづか》いは丁寧なものに変わっていた。

「勝手にしてください」主水は苦笑した。「では受取り書をお願いします」

片桐は身体を起こし、ジャケットのポケットから受取り書を取り出した。

「預かっただけなんです」

「預かった？」主水は驚き、「誰から？」と問いを重ねた。

「わけありでしてね。でも銀行員も大変ですね」

謎はますます深まるばかりだった。

＊

料亭「錦亭」の玄関前で、新田は三雲不動産の社長三雲豊喜が乗る車を見送った。時刻は午後十時半を過ぎている。いつもなら新田もタクシーを呼ぶところだが、今日は夜風にあたって歩いて帰ろうと思った。

色々なことがあり過ぎる。三雲との話はまだ煮詰まらない。この件は誰にも話すわけにはいかない。

それに加えてあの斎藤小枝子との騒ぎだ。どうしてあんなことになってしまったのか。

彼女が高田通り支店に転勤してきた時から、何となく心配はしていた。新田は企画部で小枝子と一緒に働いたが、男女の関係はなかった。しかし全く何もなかったわけではない。

小枝子のほうが、新田に強く思いを寄せていたのである。時に新田を待ち伏せしたり、プレゼントを持参してきたり……。

新田も小枝子を好ましく思い、食事に誘ったり、オペラを鑑賞したりしていた。新田は、当時、仕事に行き詰まっていた。そのため小枝子と過ごす時間が癒《いや》しになっていたのだ。小枝子の新田への思いは、ますますエスカレートしていった。新田のあいまいな態度がそれに拍車《はくしゃ》をかけた。遂《つい》に小枝子は、生命保険の受取り名義を新田にした証書を送りつけるという挙に出た。「一緒になってくれなければ死んでしまう」と言わんばかりだった。新田は、小枝子から離れるように努めた。小枝子は新田に恋するあまり病んでしまったに違いない。新田は、小枝子から離れるように努めた。二人のことは企画部内でも噂になり、新田は人事部に呼び出され、事態を問われる羽目《はめ》になった。

――なぜ人事部は、高田通り支店に彼女を配属させたのか。

新田は、自分を陥《おとしい》れようとする者の悪意を感じていた。旧明和側か、それとも旧第七側か。旧第七銀行側が、新田のやろうとしていることに気づいたためかもしれない。

小枝子は何も問題を起こさなかった。このまま何事もなく過ぎていくだろうと安心していた。しかし、やはりやっかいなことになった。

——どうすればいいのか。

思案を続ける新田のスーツのポケットでスマートフォンが振動した。取り出してみると発信者は非通知だ。不審に思ったが、通話ボタンを押した。

「新田宏治さんですね」

ややくぐもった男の声が聞こえた。声の主は思い当たらない。

「そうですが、君は誰ですか？」

「今は名乗るわけにはいきませんが、あなたと斎藤小枝子のことです」

「君は、なぜ……」

「あなたと斎藤との関係は……」

「彼女は、私の部下です。それだけです」

堪《たま》らず新田の声は震えた。

――なぜこの男は小枝子のことを話題にするのか。支店の人間なのか？

「誤解は明日にでも解けます。しかし、あなたは狙われています。お気を付けください」

声の調子が変わった。相手の男が気を許したのだろう。地声になった。この声、この口調、どこかで……。新田は記憶を必死で探った。しかし記憶の海はわずかに波立つばかりでそこからは何も飛び出してこない。

気がつくと通話は切れていた。新田はその場に崩れ落ちそうになるのを必死で耐える。

――誤解は明日にでも解ける……。いったいどういうことだろうか。

新田の前には、高田通りを照らす昼間のような明るさが広がっていた。

四

「主水さん、色々すみませんでした」

小枝子が俯いたまま呟いた。カウンターのグラスには白ワインが満たされている。

「こんな時間に呼び出してすまなかったけど、兄貴に相談した方がいいと思ってね」

カウンターの中には片桐がいた。主水のためにサントリー白州《はくしゅう》の水割りを作っている。終電の時刻を過ぎ、店内には主水と小枝子の他に客はいないが、片桐はこの新宿の小さなバーを朝まで一人で切り盛りする。

「片桐さんから、小枝子さんのことを全て伺いました。新田支店長を困らせたいからと振込みの受取り書を偽造して、片桐さんに頼んで支店を脅《おど》かしたり、妊娠騒ぎを起こしたりしたのですね」

主水は片桐の作った水割りをひと口飲んだ。

「ええ、新田支店長のこと、本店企画部でご一緒して以来、ずっと好きだったんです。優しくしてもらったこともあったのです。それよりも何よりも、もう死んでもいいくらい憧《あこが》れていました。でもある時から全く振り向いてくれなくなりました。私がいけないんです。好きになり過ぎたから。それで忘れようと努力したのです。ですが新田支店長のいる高田通り支店に転勤になって……。私、運命だと思ったのです。でも好きになったらいけないと耐えて耐えていたら、もうどうにも我慢ができなくなってしまいました」

「それで馴染《なじ》みになったこの店の片桐マスターに相談したってわけですね」

「そうです」小枝子は顔を上げ、片桐を見た。片桐は、ワイングラスを布巾《ふきん》できれいに拭《ふ》いている。「なんでも手伝うよ、と言われたものですから。片桐さん、すみません。こんなことに巻きこんじゃって」小枝子は目に涙を溜《た》め、鼻をぐずらせた。

「まさか妊娠騒ぎを起こすとは思っていなかったよ。あれはやり過ぎだな」

片桐が苦々しく笑った。

「片桐さん、偽造の受取り書で銀行を脅《おど》すのは、間違いなく犯罪です」

主水が睨んだ。

「すみません、兄貴。とにかく小枝ちゃんのために何かしてあげたくて。それだけを考えていたんです。昔、悪さしていた頃、偽造の受取り書で銀行を脅したら、案外、簡単に金をくれたことがありまして、それで私の方から小枝ちゃんにアイデアを出したんです。脅かすだけならいいだろうと軽い気持ちでした。すみません。もう二度としませんから」

片桐はカウンターに頭を擦《こす》りつけた。

「片桐さんは悪くありません。私がいけないんです。先月、窓口で違算金《いさんきん》のトラブルが起きるのを見て、ふと、思いついたんです。新田支店長がうんと困ればいいって思ったのです」

「妊娠騒ぎもですか」

主水が確認した。

「あれは誤解です。因果応報《いんがおうほう》っていうんでしょうか。振込みトラブルのことを調べろって難波課長に命じられて、嫌だな、嫌だなと思っていると急に気分が悪くなって……。気づくと病院にいたんです。ただの貧血でした」

小枝子はカウンターに顔を伏せた。

「難波課長と鎌倉副支店長は、私が妊娠したっていう噂が流れると、それを信じて、相手は誰だ？　としつこく聞いてきました。お二人は、私が本店企画部で新田支店長と恋愛トラブルを起こしたことをご存じでした。私があまりに頑《かたく》なに何も言わないものだから、お二人はてっきり、新田支店長との間での妊娠だと誤解されたようです」

「小枝ちゃんは悪くないよ。恋がそうさせたのさ」片桐は優しく励ました。「はい、ミモザ」

シャンパンとオレンジジュースを混ぜた爽《さわ》やかな甘味のカクテル・ミモザを、

片桐は小枝子の前に置いた。鮮《あざ》やかな赤みのあるイエローだ。

「ありがとう」小枝子は、ひと口舐《な》めるようにカクテル・ミモザを飲んだ。「美《お》味《い》しい」と目を細める。

「鎌倉さんや難波さんは、マタハラをしているわけではなかったのですね」

主水は念を押した。

「はい。私もこの際、難波課長たちの誤解を利用してやろうって。とにかく新田支店長を困らせることしか考えていなかったのです」

「ははん」主水は、難波の困惑《こんわく》した顔を思い出した。

トラブルを嫌う鎌倉や難波であれば、小枝子に因果を含めて退職を勧めることが、波風を立てない最善策だと考えたとしてもおかしくはない。だからあの時、深刻な顔をしたのだ。

鎌倉と難波がもう少し落ち着いて小枝子に対応していれば、妊娠騒ぎは防げただろう。小枝子に診断書を出させるとか、産業医の受診を勧め、妊娠後の働き方をじっくりと相談する姿勢を取るといった対応だ。そこまでやれば小枝子は、妊娠はしていないと正直に告白したかもしれない。

「あなたが起こした新田支店長との企画部でのトラブルは有名だったのですね」

主水の問いに小枝子は「はい。お恥ずかしい限りです」と言った。

「それなのにどうして高田通り支店に異動させられたんでしょうね」

主水は、小枝子の人事異動に疑問を感じた。そして高田通り支店で流れていた噂をいち早く〝あの男〟が知っていた。なぜか。

「発令を受けた時、私も驚きました。新田支店長と運命の糸が繋がっていると思いました」

「それが今回の全ての原因ですね」

いや、その原因を作ったのは、運命などではない。全ては〝あの男〟が仕組んだことではないのか。〝あの男〟は、あるいは新田を失脚《しっきゃく》させようとしているのかもしれない。

「私、今、驚いていることがあるんです」

小枝子が吹っ切れたように微笑んだ。涙は乾いてはいないが、もう泣いてはいない。

「何でしょうか？」

「片桐さんと主水さんがこんなに親しいことです。片桐さんから、主水さんの話は一度も聞いたことがありませんから」

小枝子は主水と片桐を交互に見渡した。

「それは、ねぇ。兄貴」

片桐は複雑な笑みを浮かべた。

「斎藤さん、これだけは言っておきたいと思います。年寄りの余計なお世話だと思わないでくださいね」

主水は小枝子に向き直った。小枝子も真剣な表情で主水を見返した。

「幸せの青い鳥は近くにいます。あなたのことを愛し、真剣に心配してくれる人は、本当に近くにいるんです」主水は片桐に視線を向けた。小枝子もおそるおそる片桐を見上げる。片桐は、耳まで顔を赤くして、ワイングラスを磨《みが》いていた。

「そのことを分からねばなりません」

小枝子は目を伏せ、「はい」と答えた。

「もし私の言うことが本当に理解できたのなら、明日、いやもう今日ですか、銀行できちんと新田支店長以下、全員に正直に説明して、謝るのです。そして新しく出発しなさい」

主水は強く諭した。

小枝子は、片桐に顔を向け、「はい」としっかりとした口調で応じ、笑みを浮かべた。

「小枝ちゃん……」片桐は感極まったのか、涙目になった。

「そうだ。振込みの受取り書の件は、片桐さんが銀行に謝るだけでいいですからね。本当のことは、私たち三人の秘密にしておきましょう。本当のことを言うと、斎藤さんにとって問題が大きくなりますからね。分かりましたか」

「はい」小枝子と片桐が同時に答え、目を合わせた。

──二人は上手く行くだろう。

主水は、水割りを口に含んだ。

＊

難波は、わけが分からなくなった。片桐と名乗った目の前の男は、笑みを浮かべ、盛《さか》んに頭を下げる。「申し訳ありません」と繰り返し「こんなもの」と言ったかと思うと、脅しの材料に使っていた振込みの受取り書を切れ切れに破り、カウンターの近くに置かれていたゴミ箱に捨ててしまった。あっという間だった。

「私の勘違いで大変ご迷惑をおかけしました」

片桐は、難波に深々と頭を下げると、逃げるように支店から出ていく。出入り口には主水が立っていた。片桐は、主水にも頭を下げた。その下げっぷりは、まるでヤクザの親分にでも相対《あいたい》しているかのように深い。

難波はあっけに取られ、ぽかんと口を開けていた。

主水が近づいた。

「課長、難波課長」

主水に声をかけられ、難波は我に返った。

「あっ、主水さん、驚きました。あの片桐が私に謝って帰っていきましたよ。どうしたんでしょうか」

「では、トラブルは解決したんですね」

「ええ、そのようです」難波は目を瞬《しばたた》かせ、主水を見た。「あれ、どうしたんですか。その傷」

「ああ、これですか？　ちょっと剃刀《かみそり》でね」

主水は右頬の絆創膏《ばんそうこう》を触った。

「慌てると、よく失敗しますからね」

「気をつけます」

「ところで主水さん、あの片桐が、主水さんにえらく頭を下げていたような気がしましたが、お知り合いですか？」

難波が疑い深そうに目を細めた。

「いえ、とんでもないです。でも案外、話せば分かる人かもしれませんね」

「はあ……」

難波は未だに釈然《しゃくぜん》としない様子だ。

「何話してるんですか？」

美由紀が営業鞄《かばん》を手に近づいてきた。ロビーで客の案内を手伝っている香織も寄ってくる。

「受取り書のトラブルが解決したんだよ」

難波が嬉しそうに胸を張った。

「小枝子の件も解決してほっとしましたね。一時はどうなるかと思いましたけど」

香織が安堵《あんど》の溜息をついた。

「ほんと、よかったわ。一時は、難波課長もマタハラの鬼だと勘違いしちゃったのにねぇ」

美由紀が香織と顔を見合わせて笑った。

「そうですよ。とんだ、とばっちりです」

難波も笑った。

＊

今朝の朝礼で小枝子が新田支店長に謝罪したのだ。小枝子は支店行員の前に立ち、はっきりとした口調で説明した。

「気分が悪くなって倒れたのは、貧血のせいでした。でも、私が新田支店長の子を妊娠しているっていう根も葉もない噂が流れて。その噂を聞いた時、なぜだか新田支店長を困らせてやろうと思いついたのです。私……、新田支店長にものすごく憧れていたんです。でも振り向いてくれない。それで妊娠を否定せず、騒ぎを起こしてしまいました。新田支店長、そしてみなさん、本当に申し訳ありませんでした」

小枝子は新田と行員たちに向かって深く頭を下げた。泣いていた。

すると鎌倉と難波が前に進み出た。鎌倉が緊張した面持《おもも》ちで話し出した。

「悪いのは、斎藤さんだけじゃありません。私も難波課長も」鎌倉が隣に立つ難波を振り向く。難波が苦い笑みを浮かべた。「管理者としてもっと冷静な対応をすべきでした。そうしていれば騒ぎが大きくならずに済んだと思います。大変申し訳ありませんでした」鎌倉と難波が同時に低頭した。

「小枝子、よく正直に謝ったね。偉いわ」香織と美由紀が必死で拍手《はくしゅ》をする。それにつられたかのように他の行員たちからも大きな拍手が湧《わ》き起こった。

「鎌倉副支店長も難波課長も悪くありません。全て私のせいです。本当にすみませんでした」

小枝子は思い詰めたように新田を見つめた。

新田が小枝子の肩に優しく手を置いた。それを見て、さらに拍手が大きくなった。小枝子は、笑みを浮かべつつも涙を流し続けた。

「支店長、もてる男は辛いよ、ですね」

副支店長の鎌倉が真面目な顔で言った。鎌倉の真面目さと冗談《じょうだん》っぽい言い方とのギャップに触発《しょくはつ》され、行員たちから大きな笑いが起きた。

誰も気づいていなかったが、その時、小枝子は主水にそっと頭を下げていたのだった。

＊

「ところで今回ばかりは、主水さんの活躍はありませんでしたね」

香織がウインクをした。

「はあ、私は、多加賀主水、一介《いっかい》の庶務行員ですからね」

主水は小さく笑みを浮かべた。

# 第四章　地獄からの使者

## 一

急に足が止まった。引きあげようとしても地面に足の裏が貼りついたようで動かない。ずぶずぶと地中に沈み込んでいく感覚がある。いったいどうしたのか。汗だ、それも嫌な汗だ。ねっとりとし、饐《す》えた匂《にお》いさえ漂ってくる。

原因は分かっている、と柿沢靖男《かきざわやすお》は思った。ヤマキタ産業の看板が見えてきたためだ。

＊

柿沢は、第七明和銀行高田通り支店の行員である。営業第二課に属し、「法人先」と言われる企業を担当している。入行五年目の若手だ。初任店は、縁《えん》もゆかりもない山形《やまがた》支店だった。主に個人客や、企業とは言えないほどの規模の会社の融資《ゆうし》を担当していた。そして去年、転勤してきた。

　出身大学は、東京では知る人のほとんどいない地方私立大学である。一応、経済学を勉強したが、ラグビーばかりやっていた体育会系の学生だった。

　まさか銀行員になるとは思ってもいなかったが、友人に誘われるまま受験した旧明和銀行で採用が決まった。ラグビーで鍛《きた》えたがっしりした体格を見て、体力がありそうだと思われたのだろう。

　柿沢の入行後、明和銀行は、第七銀行と合併して第七明和銀行に変わった。しかし柿沢の生活に影響はなかった。支店の看板が変わった程度の認識だった。ただ転勤を命じられた時、「気をつけろよ」と直属の課長に忠告を受けた。その言葉は今も脳裏《のうり》にこびりついている。

「何に気をつけるんですか」と柿沢が聞くと「あっちの支店だからな」と課長は苦い顔をした。

　高田通り支店は旧第七銀行系列だから、旧明和銀行出身の人間は苛《いじ》められるという噂《うわさ》が流れていた。課長はそのことを心配したのである。

らえた。

「気をつけます」

柿沢は、不安な気持ちを抱いて高田通り支店に赴任した。しかし杞憂《きゆう》だった。支店長の新田をはじめ、支店の誰もが柿沢を温かく迎え入れてくれた。合併後二年にして初めての旧明和出身の行員だったのだが、同じ人間なのだと分かってもらえた。

評価が定まってきたのか、徐々に大きな担当先も増えてきた。

十ヵ月ほど前、前の担当者の転勤に伴《ともな》って、柿沢はヤマキタ産業の担当になった。支店で一、二を争う有力取引先である。

ヤマキタ産業はオフィスビルなどを都内に数棟保有し、業績も順調だ。保有しているビルはバブル崩壊後の景気低迷時に購入したもので、社長の山北剛三《やまきたごうぞう》の先見性が見て取れる。

最近の不動産ブームに乗って、ますます業績を伸ばそうとしている。支店としては一層、取引拡大を進めたいと考える相手だ。

「しっかり頼むよ」

ヤマキタ産業の担当に決まった時、新田支店長からも励まされた。いよいよ俺の真価を発揮《はっき》するチャンスだと柿沢は気持ちを奮い立たせた。

当初、ヤマキタ産業とは順調に付き合っていた。社長の山北も「どうだ、元気か」と会う度《たび》に声をかけてくれた。

——万事《ばんじ》好都合、日々《ひび》是好日《これよきひ》

こんな言葉が何気《なにげ》なく口をついて出てくるような日々が続いた。

ところが二ヵ月前、八月中旬のことである。

突然、柿沢は山北に呼び出された。電話の声から荒々しい印象を受けた。

——何かあったのかな……。

稟議書《りんぎしょ》を作成している最中だったが、柿沢は急いでヤマキタ産業に向かった。

到着するなり、社長室に案内された。

山北は机に向かい、俯《うつむ》いて何やら書きものをしていた。その重い雰囲気《ふんいき》に、柿沢は圧倒されそうになった。

「社長、何か急用でしょうか」

柿沢の声がわずかに震えた。

山北が顔を上げた。眉根《まゆね》を寄せ、難しい顔をしていた。厳しい視線が柿沢を射《い》抜《ぬ》いた。

山北は、若い頃、ボクサーだったという。五十代半《なか》ばなのに痩《や》せた筋肉質体型で、腹は出ていない。顔つきも顎《あご》が尖《とが》り、一見して厳しい。こんな雰囲気で事業に成功しているから、どちらかというと近づき難《がた》く感じる者も多いようだった。

「君ねぇ」

山北が「君」と言った。いつもは「柿沢君」なのに……。ボクサーが敵を殴《なぐ》る時のような殺気を感じた柿沢は、思わず「はい」と背を伸ばした。

「担当を替えてもらうように、堀本《ほりもと》課長に言ったからね」

柿沢は息を呑んだ。いきなり、何を言いだすのか。担当を替える？

「君にはもう担当して欲しくないんだ」

「なにか不都合《ふつごう》がありましたか？　失礼があったのなら謝ります」

柿沢は丁寧《ていねい》に言葉を選んだ。

しかし山北は顔を歪《ゆが》めるだけだった。「いいんだ、理由なんか、どうでも。とにかく担当を替われ。君じゃ取引を止めるから」

「あのぉ……」

理由も何もない。例えば約束を守らないとか、仕事がルーズだとか具体的に言って欲しい。そうでないと直すこともできない。

「ぐずぐず言うなよ。客である俺が言っているんだ。もう担当しなくていい。用件はこれだけだ。帰ってくれ」

　山北は手を振って、柿沢をゴミか何かのように追い払う仕草《しぐさ》を見せた。

「社長、何か私が不始末をしたんでしょうか」

　柿沢は縋《すが》る思いで山北ににじり寄った。

「帰ってくれよ」

　山北は、座っていた椅子《いす》を後ろに滑らせ、柿沢から逃げた。

　柿沢は、悄然《しょうぜん》として支店に戻った。

　営業室に入ると、営業二課長の堀本憲一《けんいち》と目が合った。堀本は、八月上旬にセクハラ事件を起こした大門前一課長の左遷《させん》がらみで、笹野一課長とともに本店の人事部から転勤してきた人物である。

　柿沢は、堀本とは全く気が合わなかった。堀本が転入してきてから、どうもリズムが狂ってしまった気がする。エリート然としているのだ。どうして大門といい、堀本といい、東京の支店には、エリート然とした人が多いのだろうか。

　そういえば、ちょうどその頃、誰が大門課長を告発したのか、支店内で話題になっていた。行員の動向を探るＣＩＡやＫＧＢのようなスパイ組織があって、大門を左遷させたのだという風聞《ふうぶん》もまことしやかに流れた。しかし真相は分からないままである。

異動後の大門課長の噂は聞かない。自業自得《じごうじとく》だが、どこか閑職《かんしょく》に押し込められているのだろう。

銀行は失敗を許さない。一度でも失敗すると、リカバリーのチャンスがない業界である。だから、だれもが慎重になる。

しかし例外がある。エリートだ。エリートだけは失敗してもリカバリーさせてもらえる。でもそれは本当に仕事ができるエリートだけである。大門は仕事が出来ないくせにエリート然とした振る舞いだけが鼻につく、エセエリートだった。

堀本はどうだろうか。柿沢に言わせると、彼もエセエリートだと思うのだが……。

堀本が着任してきた直後の出会いからして不味《まず》かった。

「君は自宅があるのか」

開口《かいこう》一番、堀本が柿沢に投げかけた質問がそれだった。

柿沢は独身だ。住まいは支店の近くにある独身寮である。自宅などあるはずがない。不思議なことを聞くと思いつつ、柿沢は「ありません」と答えた。

すると、堀本は柿沢を憐《あわ》れむように薄く笑い「将来、自宅を持つ時は、田園《でんえん》調布《ちょうふ》の僕の家の近くにしなさい。出世できるからね。僕は、第七銀行の創業者の家系なんだよ。僕と付き合っておくと損はないよ」と嘯《うそぶ》く。

細く長く伸びた首の上に、ぬめぬめと粘液《ねんえき》が流れているような、つるりとした小さな頭。その中心あたりに並んだ二つの目が、怪《あや》しげに青く光っていた。

柿沢の目には、堀本が蛇《へび》に見えた。その異様な顔を見るにつけ、柿沢の背中にぞくぞくと寒気が走った。

「結構です。田園調布になど私みたいな者は住めません」

柿沢は謙遜《けんそん》と皮肉《ひにく》を込めて答えた。

「そうなの、嫌なのね」

堀本は不愉快《ふゆかい》そうに目尻《めじり》に皺《しわ》を寄せた。

あの時「そうですね、考えます」とか適当な返事をすればよかったのだろうか。きっぱりと断わり過ぎたのがいけなかったのか。それ以来、堀本は何かと柿沢に冷たく当たるようになった。

「柿沢君」

課長席に座った堀本が、こっちに来いと手を振っていた。

柿沢は、項垂《うなだ》れて近づいた。

「いま、山北社長から電話があってね」

堀本の目がぬめぬめと光った。

「はい……」

言われることは分かっていた。

「君を担当から外せっていうんだ。僕は抵抗しましたよ。だけど社長は強硬《きようこう》でね。だいたい君はルーズなんだ。約束は破るし、仕事は遅いし、口は臭《くさ》い。歯を磨《みが》いているのかね。もう銀行員を辞めた方がいいんじゃないか。山北社長に嫌われるようじゃ、この支店に居る必要はない。支店長に言って、転勤してもらうよ。僕が言えば、支店長だってノーとは言えないからね。僕が言うんだからね。君、汚いね。そのワイシャツ、汚れているんじゃないのか。毎日、風呂に入っているのか……」

叱責《しつせき》は延々と続いた。

その日は、周囲に誰もいなかったから辛《かろ》うじて耐えられたが、どうしてここまで言われなくてはならないのかと、悔し涙がこぼれた。毎日入浴しているし、食後には欠かさず歯を磨き、歯科検診も受けている。約束だって破ったことはない。仕事がルーズだと思ったこともない。なぜなんだ……。

その日から地獄が始まった。

柿沢の転勤も担当替えも実施されなかった。堀本が支店長に進言したようだが、「部下を育てるのが君の仕事だ」と一喝《いっかつ》されたらしい。

しかしその結果、山北と堀本からの苛めはかえって陰惨《いんさん》さを増した。

――いっそ担当替えをしてもらった方がいい。このままだと死……。

柿沢の脳裏に暗いイメージが浮かぶようになったのは、彼岸《ひがん》を過ぎた頃だった。

＊

ヤマキタ産業の看板がどんどん大きくなって迫ってくる。息が苦しい。このままだと押しつぶされてしまうのではないかと恐怖心でいっぱいになる。

地面に貼りついたように重い足をなんとか動かし、柿沢はヤマキタ産業に向かって歩く。今日もまた山北の怒声《どせい》、罵声《ばせい》が待っているのだろう。

――たすけて！

声にならない声で叫ぶのだが、誰も助けにきてくれない。旧明和銀行出身者である柿沢は、孤独だ。旧第七銀行の課長や取引先に苛められていると愚痴《ぐち》ろうものなら、支店の中で完全に村八分《むらはちぶ》になってしまう。周囲はみんな旧第七銀行ばかりなのだから……。

＊

「ねえねえ」

食堂で昼食《ちゅうしょく》のうどんを食べていた主水の傍《そば》に、運転手の奥田栄一《おくだえいいち》がすり寄ってきた。手に持ったトレーには、サラダとキーマカレーの定食が載っている。

奥田は運転代行会社からの派遣《はけん》社員である。年齢は四十代。元高校野球の選手だったというだけあって、中年太りにはほど遠い体型だ。性格は陽気で、派遣会社から運転以外の仕事をするなと厳命を受けているが、時折、ロビーでの椅子の整理や支店周辺の掃除《そうじ》など、主水の仕事を厭《いと》わずに手伝ってくれる気のいい男である。

「どうしましたか」

主水はうどんを食べる手を止めた。主水の昼食は必ずといっていいほど、麺類だ。今日はおかめうどんだった。

「支店長、痩《や》せられたと思われませんか」

奥田がいつもの元気を失《な》くした、浮かない様子で切り出した。

「言われてみれば、痩せられたかなと思いますね」

元々新田は太っていない。しかし奥田が懸念《けねん》するのも分かる。最近、顔色がくすんでいるし、頬《ほお》もこけたような気がする。

「おかしいんですよ」

「どう、おかしいんですか」

「車の中でぶつぶつと言うんです。『クソッ』『あの野郎』とか何とか。何か欲求不満が溜《た》まっているんですかね」

「具体的な名前を言ったりするんですか？」

「それはないんですよ。だから余計に心配です。具体的に相手を特定して文句を言っているのならいいんですが、そうでないと余程《よほど》、堪《こた》えているというか、我慢しているというか……」

「新田支店長は、冷静で穏《おだ》やかな方ですからね」

主水には、新田について気がかりなことがあった。

新田に女性トラブルが発生した際、〝あの男〟がいち早くその情報を仕入れていたことである。

主水はその件について、何も報告していなかった。誰かが主水に代わって報告したのか、それとも斎藤小枝子を高田通り支店に送り込んだ時から、女性問題が起きるように仕組んでいたのか。

〝あの男〟が追い詰めようとしているターゲットは新田である、そう考えるべきだ。

では、それはなぜなのか。

思い当たるのはただ一つ。三雲不動産の件だけだ。〝あの男〟も三雲不動産の件を詳しく報告するよう主水に命じている。

新田は今夜も三雲不動産の社長、三雲豊喜と会う予定になっているはずだ。以前より一層、会う頻度《ひんど》が増えた。それに伴《ともな》って新田の口から、誰にとも分からない怨嗟《えんさ》の呻《うめ》きが洩《も》れ出ているのである。

なにかある。もっと調べねばならない。調査結果を〝あの男〟に報告するかどうかは別にして……。

「主水さん、どうかしましたか」

奥田が、キーマカレーを食べる手を止めて主水の顔を覗《のぞ》き込んだ。

「えっ、何か」

「主水さんが急に黙ってしまわれたものだから」

主水は苦笑しつつ、首を振った。「なんでもありませんよ。それより、そんなに気にしなくてもいいでしょう。支店長ですから、色々ストレスがあるんじゃないですかね」

「そうだといいんですが。ほぼ毎日、お車にお乗せしているでしょう。気になりましてね」

奥田はキーマカレーを口に運んだ。

「まあ、大丈夫ですよ。そのうち機嫌《きげん》良くなります」

主水はおかめうどんを食べ終え、トレーに食器を載せて立ち上がった。

「そうだといいんですが」と奥田は相変わらず弱々しげに主水を見上げた。

「主水さん！」

その時、生野香織が食堂に息を切らせて走ってきた。

「どうしたのですか」

主水はトレーを持ったまま振り向く。

「強盗《ごうとう》、強盗」

「えっ、何だって」

主水の目が光った。

「今ね、強盗が入ったの。すぐに逃げたのだけど、営業一課の安井《やすい》君が追いかけているんです」

「被害はないんですね」

「怪我《けが》した人もいません。お金も大丈夫です」

香織が拳《こぶし》を握《にぎ》ってガッツポーズをした。

「直《す》ぐにロビーに行きますから」

主水は食器を返却棚に置いた。

「お願いします。ロビーがまだ騒がしいので、気をつけてください」

香織は再びスカートの裾《すそ》を翻《ひるがえ》して、営業室に戻っていった。

「私も何かお手伝いした方がいいでしょうか」

奥田が半分腰を上げた。

「大丈夫ですよ。香織さんのあの様子じゃ、たいしたことはありませんから」

主水がロビーに下りてみると、いつになく騒がしかった。滅多《めった》にない強盗騒ぎに動揺したのだろう。しかし幸《さいわ》いにも客が少なくてよかった。

「何かお手伝いできることはありますか?」

主水は、ロビーにいた難波俊樹課長に声をかけた。

「主水さん、驚きました。でも、もう大丈夫です」

「どの窓口ですか?　強盗に襲われたのは」

「菊池《きくち》さんの窓口です」

菊池洋子《ようこ》は、銀行のOGとして第七明和銀行のスタッフサービスから派遣されてきている、四十代の主婦だ。仕事振りには安定感がある。

「驚かれたでしょうね」

「マスクをかけた若い男が、刃渡り十センチくらいの果物ナイフみたいなものを出して、『金、金』と言ったんです。菊池さんは落ち着いていて、まず警察への通報ボタンを押し、たまたま近くにいた安井君に、さっと『マスクの男』と書いたメモを渡し、小声で『強盗』と伝えたんです。強盗に投げつけるカラーボールを持って、安井君はすぐにロビーに出ました」

「勇敢《ゆうかん》ですね」

安井壮太《そうた》は、柿沢靖男と同じく入行五年目の独身若手である。営業第一課期待のホープだ。

「安井君は、強盗に近づいて『お客様、ご用件を』と尋《たず》ねました。そうしたらその男は、まさに脱兎《だっと》のごとく逃げ出したんです」

「それで安井君が追いかけたんですね」

「そうなんですが……」難波は晴れない面持《おもも》ちで言い淀《よど》んだ。

「どうしたんですか？」

主水が尋ねると「あそこ」と難波はロビーの隅に設置された応接室を指差した。

そこは普段、行員が客の相談に乗ったり、クレーム客と会ったりする場所である。

「応接室がどうかしたんですか」

「刑事と安井君が、中に入ったきり出てこないんです。安井君は犯人を追いかけたのですが、取り逃がしてしまいました。それで戻ってきて、刑事に事情を聞かれているんです。ドアの外から聞いてみたら、随分《ずいぶん》ひどいことを言われているみたいで。刑事によれば、取調べでも任意《にんい》聴取《ちょうしゅ》でも何でもなく、ただ少し事情を聞きたいだけだって話だったのですよ。でも相当、怖そうな刑事でした」

刑事にひどいことを言われる？　いったいどういうことなのだろうか。

「ちょっと見てきましょうか？」

主水が言うと、難波は安心したように「お願いします。どうしたものかと迷っていたものですから」と気弱な笑みを浮かべた。

難波のイメージの中では、主水はすっかりトラブルシューターとして、定着しているのだろう。

主水は応接室に近づき、ドアに耳を寄せた。

「お前、正直に言わないと大変なことになるぞ。共犯だったんじゃないか」

安井が疑われている。これは尋常《じんじょう》じゃない。

主水はすかさずドアを開けた。

安井と刑事が、同時に振り向いた。安井の眉は八の字を描いて下がり、目には涙を湛《たた》えている。強盗を追いかけた勇敢さが嘘《うそ》のようである。

一方、刑事は如何《いか》にも人相《にんそう》が悪い。グレーのスーツから肩の筋肉がはち切れそうな、いわゆるゴツイ身体付《からだつ》きである。顔も大きく、耳は格闘技経験者のようにぺしゃんこに潰《つぶ》れている。頭は丸刈《まるが》りで、眉は細い。一言で言って、強面《こわもて》だ。

「主水さん……」

安井が、か細い声を絞《しぼ》り出した。

「おお、主水さんじゃねえか。なにしてるんですか、こんなところで」

刑事が急に人懐《ひとなつ》っこく破顔《はがん》した。主水も安堵《あんど》し、顔を綻《ほころ》ばせる。

「木村《きむら》さんじゃないですか。怖い刑事さんが来ているっていうから、ひょっとしたらと思っていたんですが、やっぱりそうでしたか。私はいま、この銀行でお世話になっているんですよ」

「そう、ここは主水さんの職場なの。そりゃ参ったね」

木村は頭から手を滑らせ、顔をつるりと撫《な》でた。木村の困った時の癖《くせ》だ。

「主水さん、お知り合いですか」

安井の表情はまだ硬いが、微《かす》かにほっとした笑みがこぼれた。

「木村健《けん》さんとおっしゃるんです。同じ居酒屋《いざかや》の常連さんです」主水は安井に落ち着いた口調で紹介すると、木村に向き直った。「なにか不穏当《ふおんとう》な言葉で安井君に迫っておられましたけど、どうされたんですか？」

「犯人をわざと逃がしたんじゃないのかと疑ってるんだよ」

木村は、安井を険《けわ》しい顔で睨《にら》みつけた。

「もう、誤解ですよ」

安井は顔をしかめて、木村に反論した。

「じゃあ、なぜカラーボールを投げなかった」

「通行人に当たるのが心配だったんです」

「ちっぽけなナイフを向けられて、腰を抜かしたじゃねえか。そのことも気にかかる。せっかく追いついたんだから、ぶつかっていくくらいの根性を見せやがれ」

木村はテーブルを叩《たた》いた。鈍《にぶ》い音が応接室内に響く。

「だから、何度言ったら分かるんですか。突然ナイフを向けられたんで、驚いて尻餅《しりもち》をついた。それだけですよ」

安井は悲鳴を上げんばかりに訴えた。

「木村さん、勘弁《かんべん》してやってください。安井君は勇敢にも犯人を追いかけたのです。木村さんじゃないんだから、普通の人はナイフを見たらびっくりしますよ。それで犯人の仲間扱いされたら、たまったもんじゃありませんねえ。警察によるパワハラだって訴えられますよ」

主水が毅然《きぜん》として言った。

「パワハラ？　変なこと言わないでよ。事情を聞いてるだけじゃないのさ」

木村は困惑《こんわく》した。

「善意の市民を共犯扱いするなんて、パワハラそのものでしょう。職場において、職務上の地位などの優位性を利用して、精神的、身体的苦痛を与えたり、職場環境を悪化させたりする行為に該当します」

「俺は、こいつと同じ職場じゃないでしょう？」

「でも広い意味で、警察の力で善良な市民を威圧《いあつ》するのはパワハラになりますよ。彼が共犯でないことは誰が見ても分かります。木村さんが職務に忠実なのは分かりますが、ちょっとやり過ぎかなと思います。ただでさえ警察の強圧的な取調べに批判が集まっている時代ですからね。問題になりかねません」

主水は薄く笑った。

「まあ、そうだな。こっちは疑うのが仕事だから。以前、別の銀行でそういう事例があったもんだからね」木村はテーブルに両手をつくと、よいしょと言い、腰を上げた。「兄ちゃん、悪かったな。面倒《めんどう》かけて。ここは主水さんに免じて解放するからな。これからは気をつけるんだぜ」

「気をつけます」

安井は腕組みをしたまま、木村を憤然《ふんぜん》と睨んだ。

「主水さん、また近いうちに一杯やりましょう」

木村は盃《さかずき》を口元に近づける真似《まね》をして、にんまりと笑った。「おい、兄ちゃん、いい人を雇《やと》ったな」

「木村さん、それじゃあ、また」

主水は頭を下げた。

「刑事さん、必ず犯人捕まえてくださいよ。さっきお伝えした通り、身長は一七〇センチくらい、紺《こん》のジャンパーにジーンズを穿《は》いていたんです」

安井が木村の背中に向けて言葉を発すると、木村は振り向いた。先ほどまでの鬼のような形相《ぎょうそう》とは打って変わって、やたらと人なつっこい顔つきで「ああ、任せときな」と親指を立てる。「ここのロビーにある観葉植物と同じくらいの背丈《せたけ》ということだったな」

銀行の支店のロビーには、強盗の身長と比較するために、高さ一七〇センチ程度の観葉植物が置かれているのである。

木村が部屋から出ていくと、安井は緊張が解けたのだろう、深い溜息をついた。

「大変でしたね」

主水は優しく声をかけた。

「いやあ、主水さんのお蔭《かげ》で助かりました。一時は、私が共犯扱いですからね。それにしても主水さんは顔が広い。あんな怖い刑事とも知り合いだったんですね。すごい」

安井は尊敬したように声を弾《はず》ませた。

「とんでもない。単なる飲み仲間ですよ。あの人、普段は全く怖くないんです。むしろ気が小さくて力持ちっていうタイプです」

「信じられませんね。気が小さいなんて！」安井は驚いて笑顔を覗かせた。「でも主水さんがパワハラって言ったでしょう。まさにそう思いました」

「パワハラが、本来は同じ職場で行なわれる苛めや嫌がらせであることは知っているんですがね。安井さんの様子を見ていて、突然、パワハラって言葉を思いついたものですから」

「とにかく力で私たちの人格に圧力をかけるのはパワハラです。あの木村さんは、パワハラ刑事《デカ》です」

安井は、ようやく屈託《くったく》のない笑みを浮かべた。

「パワハラ刑事ですか、上手《うま》いこと言いますね。今度、彼と会ったら、言っておきます」

　主水もつられて笑った。

「そうだ」安井は、椅子から腰を上げようとして留まり、「主水さん、パワハラと聞いて思い出したのですが、柿沢が心配なんです」と打ち明けた。「あいつ、旧明和出身なんですが、正真正銘《しょうしんしょうめい》のパワハラを受けています。奴とは同期なんで、心配しているんです」再び、安井は翳《かげ》りを帯びた暗い顔に戻る。

　主水は柿沢の顔を思い浮かべた。元気のいい元ラガーマンという印象しかない。

「間違いなくパワハラなのですね」

　主水は、安井に念を押した。

　安井はもう一度、椅子に腰を下ろした。その顔は、心に秘めていた何かを話す気、充分に見えた。

＊

「主水さんと食事ができるなんて嬉《うれ》しいわ」

女はカウンターに腰かけ、満面の笑みを浮かべて大ぶりのワイングラスで赤ワインを飲んでいる。

浜辺《はまべ》里美《さとみ》――高田町の高級料亭「錦亭」の仲居頭《なかいがしら》である。

もう五十歳に近いが、まだまだ充分な色香がある。顔は大人しげな一重《ひとえ》瞼《まぶた》なのだが、ワイングラスに触れる唇《くちびる》は真っ赤な艶《つや》を保ち、分厚くて、なおかつ小さい。まるで別の生き物のようになまめかしく、ワイングラスの縁《ふち》に貼りついている。

「この店は美味《うま》いだろう。紹介がないと入れないから、あまり変な客が来ないんだ」

麻布《あざぶ》十番《じゅうばん》にある焼き鳥屋「世津《せつ》」は、主水の行きつけの一つである。

ビルの五階にひっそりとたたずみ、会員の紹介でしか入店できない。そのため店には政界、経済界、芸能界関係者が多い。カウンターやテーブルに陣取った客たちは、誰一人、周囲を警戒することなく、楽しげに焼き鳥の串《くし》にかじりつく。

「わぁ！」レバーを口にした瞬間、里美が声を上げた。「これ、まるでフォアグラじゃないの。こんなの初めて」

「ここの焼き鳥は特別だよ。特にレバーは最高だね。あのご主人が一本一本丁寧に焼いているから」

ガラスの遮蔽壁《しゃへいへき》の中で、蝶《ちょう》ネクタイを締め、白く清潔な調理服に身を包んだ男性が焼き鳥の串を返している。この店の主人である。

「私、とろけそうよ」

里美が、主人に向かってオーケーサインを出した。主人はそれに気づいたのか、里美に振り向いて笑みを返した。

「それで、どう、何か分かったかい?」

主水は、里美に内偵《ないてい》を依頼していた。錦亭で新田支店長と三雲社長がどんなことを話しているか、さり気なく聞き耳を立てて欲しいと頼んでいたのである。

里美は、唇をへの字に曲げた。先ほど、レバーに感動した喜びは消えてしまっている。

「これくらいしか分からないの」里美は、メモをカウンターに滑らせた。「二人とも私たちにお酌《しゃく》もさせないの。時々、洩《も》れてくる話をメモしておいたわ」

主水はメモを手に取った。

「不良債権《ふりょうさいけん》飛ばし。不動産。権藤……か」

「ごめんね。こんなに美味《おい》しい食事に誘ってくれたのに。あまり役に立たなくて」

里美は、両手をカウンターにつき、頭を下げた。

「こっちが面倒なことを頼んだのだから謝ることなんかないよ。俺こそ、謝らないと……」

主水も頭を下げた。

「でも大変なことがあったの」

里美が、ワイングラスに残ったワインを飲み干した。

「何があったんだ?」

「盗聴器《とうちょうき》、盗聴器があったの」

「何だって!」

「三雲不動産さんが利用される部屋は決まっているんだけどね、定期的に盗聴検査をしているの。そしたら見つかったの。盗聴器がね」

里美が声を潜《ひそ》めた。

「どこにあったんだ」

主水の目が厳しくなった。

「コンセントなんだけど、外付けじゃないのよ。誰かが元々あったものを外して、コンセント型盗聴器をつけ直したようなの」

「手の込んだことをするんだな」

主水は、手羽先《てばさき》に食らいついた。

「盗聴検査は、一年に一回、実施しているんだけど、前回は検知されなかったから、この一年の間につけられたのね。あの部屋は重要なお客様が利用されることが多いから、大切な話を聞かれたかもしれないわ」

里美は鳴門金時《なるときんとき》の焼き芋《いも》を口にした。主人が何十分もかけてじっくりと焼き上げた、この店の名物だ。

「これ、またまた美味しい」

里美に笑顔が戻った。

主水も微笑《ほほえ》みを返したが、内心では疑惑が渦《うず》を巻いていた。誰が、どんな目的で盗聴したかは分からない。しかし新田がターゲットの一人であったことは確かだろう。

主水はもう一度、メモに視線を落とした。

「不良債権飛ばし……」

たった三つの言葉だが、重要なポイントは外していない。三雲不動産を利用して不良債権飛ばしをしているのだと推察《すいさつ》される。それに権藤というのは第七明和銀行の会長である可能性が高い。まさか、飛ばしに彼が絡《から》んでいるのだろうか。

――俺がたいした報告を上げないものだから、〃あの男〃が別の人間を使って盗聴器を設置させ、その情報を元にして、新田に攻撃を仕掛けているのかもしれない。

〃あの男〃が何をしようとしているのかは分からないが、それでも主水の雇い主だ。主水の報酬《ほうしゅう》は〃あの男〃の懐《ふところ》から支払われている。

主水は、〃あの男〃の考えていることが悪であろうが善であろうが、そんなことは関係なく、報酬の対価として情報提供の責任を果たさねばならない。それがプロというものだ。

しかし主水は、新田のことを考えると、そう簡単に割り切れない気持ちになっていた。

新田は、香織や美由紀、難波ら行員たちに慕われている。そんな人間を主水の情報で失脚《しっきゃく》させることになったらと思うと、〃あの男〃の言うままに動く気になれない。

総務部渉外《しょうがい》係の神無月隆三に〃あの男〃を紹介された時、〃あの男〃は暗闇の中で「私たちと一緒に戦ってほしい」と言った。極めて魅力的な提案だった。深く考えることなく「戦い」という言葉に反応してしまった。戦いを長く忘れていた、そんな本能が、目覚めてしまったかのように。

ところが、誰と戦うのかということは一切、教えられなかった。ただ高田通り支店に配属され、指示に従って情報収集に努《つと》めるだけだった。

集めた情報がどのように使われているのかは全く分からない。

〝あの男〟の言う「戦い」は嘘だったのか。しかし月々、給料以外にかなりの報酬を受け取ることが出来ている。いったい自分は何のために雇われているのか。疑問が湧《わ》き起こるのを抑《おさ》えられなくなってきた。

こうなると、情報収集の義務を果たしつつ、後は自分自身の判断で動くしかない。

――俺の興味は、一緒に働く仲間を守ることにある。

主水は心に誓《ちか》った。今まで孤独な人生を歩んできた主水にとって、香織や美由紀、難波といった高田通り支店で働く行員たちは、初めて得た仲間というべき存在だった。彼らの幸せを願うこと、それが主水の生き甲斐《がい》になっていた。

「主水さん、そのメモ、役に立つの？」

里美がワイングラスを口に運んだ。

「ああ、大いに役立つさ。引き続き頼むよ」

主水は、ワイングラスを持ち上げた。

「頑張《がんば》るわ。盗聴器になんか負けないから」

「おいおい、物騒《ぶっそう》だから、他言《たごん》は無用だぞ」

主水は困惑の表情を浮かべた。

「分かってるわ」

里美は、突然、唇を突き出すと、主水の頬にキスしようとした。

「おいおい、止めてくれ」

主水は身体を捩《よじ》りながら、里美から得た情報を〝あの男〟に報告しようと決めた。それが主水の役割だからだ。

——何か動きがあるだろう。

二

「あの情報は、どうやって入手したんだ」

耳に当てたスマートフォンから、甲高《かんだか》い声が響いてくる。

主水が電話をしているのは、庶務《しょむ》行員や運転手が待機する行員通用口脇の小部屋である。今は誰もいない。

「そのことは気にしないでください。情報は間違いないですから」

主水が答えた。

「新田と三雲とが、不良債権飛ばしの話をしているというのだな。他には何もないのか。隠していることはないな」

相変わらず〝あの男〟は甲高く居丈高《いたけだか》な口調だ。

「隠していることはありませんが、下らないことが一つ」

「なんだ、その下らないこととというのは」

「二人が会っていた部屋に、盗聴器が仕掛けられていたようです。まさか、あなたじゃないでしょうね」

主水が問いかけた瞬間、〝あの男〟の声が消えた。

「私が情報を上げるまでもなく、二人が何を話し合っているか、もっと深いところまでご存じなのではないですか」

皮肉っぽさが伝わるように慇懃《いんぎん》無礼《ぶれい》な口調で主水は言う。咳払《せきばら》いが聞こえた。

「君は言われた通り情報収集をしていればいい。それに見合うだけの報酬は支払っているはずだ」

「よく分かっています。ところであなたの言う敵に、新田さんは入っているんですか」

「あまり余計なことに関心を持つんじゃない。お前の身のためだ。新田のことはこちらで考える」

一方的に電話が切れた。

「切りやがった。気分の悪い奴だ」

情報は伝えた。〝あの男〟が、どのように動き出すか、じっくりと見届けてやろう。それから身の振り方を考えようじゃないか。

「主水さん、ここにいたの」

ひょっこりと奥田が現われた。

「一服していたんです。支店長をお乗せしてきたのですか？」

主水の問いかけに、奥田が急に声を潜めて「やっぱり新田支店長、おかしいですよ」と額《ひたい》に皺を寄せた。「また、ぶつぶつと言うんです。前より激しい気がします」

「くそっ、この野郎とかですか？」

「何とかしないといけない、もう終わりだとかですね。何を心配しているんだろう？　気になりますね」

奥田は車のキーをキーボックスに収めた。

「鬱屈《うっくつ》が溜まっているんでしょうか」

「車の中は孤独だから、心に溜まっているものが出るんでしょう。ところで奥田さん」主水は奥田に近づき、「今日、また新田支店長をお乗せする機会はあるのですか？」と聞いた。

「ええ、午後一番にお乗せします。それが何か？」

奥田が小首を傾《かたむ》けた。

「ちょっと確認させていただいただけです」

言い残して、主水は部屋から出ようとした。

「あっ、そうか」

奥田は、突然なにかに気づいたのか、パンと手を打った。

「どうかしましたか？」

主水は立ち止まり、振り返った。

「これ、ですよ。これ」奥田は小指を立てた。「女ですよ。そうか、女か……。支店長も隅に置けないな」奥田の表情が、にわかに明るくなった。

「女、ですか？　女がどうかしましたか」

今度は主水が首を傾《かし》げる番だった。

「支店長、きっと女性問題で悩んでいるんです。だからもう終わりだとかね。別れ話がこじれてんじゃないですかね。この予想に間違いないな。ちょっと前にも妊娠騒動がありましたでしょ。いやぁ、大変だな」奥田は一人で勝手に納得《なっとく》し、「支店長は本当にもてるな。羨《うらや》ましいような、そうでないような」と嬉しそうに言った。

「新田支店長はいい男ですからね。怨《うら》まれるんでしょうな」

主水は奥田に調子を合わせながら、呟《つぶや》いた。

＊

新田はリアシートに深く腰を落とした。鬱々《うつうつ》として気持ちが晴れない。迷いに迷っている。

「やってくれますか」

運転手の奥田に力ない声で命じる。

「はい」

奥田は軽快に返事をし、エンジンをスタートさせた。

車は音もなく滑るように動き出す。

新田はふと、前の席の背もたれの書類入れ部分に、何かが挟《はさ》まっているのを見つけた。

手を伸ばすと、白い封筒だった。宛名《あてな》が新田宏治様となっている。

「私に……」

裏には何も書かれていない。差出人不明の白い手紙だ。

気味の悪さを覚えながら、封を開ける。中を探ると、一枚の便箋《びんせん》が出てきた。

――不良債権飛ばし、不動産、権藤。以上の言葉に心当たりがあれば、今夜十時に高田町稲荷《いなり》神社の拝殿《はいでん》前で待っております。　稲荷
「これはいったい何だ」

新田は思わず声に出した。

「支店長、何か?」

奥田が聞いた。バックミラーから新田を覗き見ている。

「いや、何でもない」

新田は慌《あわ》てて、手紙をスーツのポケットにしまい込んだ。

「支店長も大変ですね」

奥田が陽気な声で言う。

「いったい、何が大変なのだと思うのかね」

新田は苛立《いらだ》ちを隠さずに吐き捨てた。バックミラーに映る奥田の表情が歪んだ。拙《まず》いことを言ってしまったという焦《あせ》りが見え見えだ。

「いえ、なに、すみません」

奥田は慌てて謝った。

「言いなさい。何が大変なのかね」

「いえ、すみません。余計なことを申しまして」

「いや、いいから言いなさい」

「最近、支店長、車の中でなにかぶつぶつと仰《おつしや》ることがあるんで、ご心配なことがあるのかと思っていまして、それでつい」

奥田の声は震えていた。

新田は落ち着きを取り戻し、「そうか、すまない。あなたにまで心配をかけているんですね」と項垂れた。

「いえ、悪い女なんか、いつか離れて行きますから。私も随分、苦労しましたから」

奥田が安心したように軽口を叩いた。

「悪い女って！」意外な慰《なぐさ》めに新田は驚き、突然「ははは」と笑いだした。

「そうですね。悪い女ですね。はははっ」

「……へっへっへっ、生意気言いまして、すみません」

バックミラーの中の奥田が情けなさそうに眉根を寄せるのが、新田の目に映った。

＊

「死んでやる……」

柿沢は、神社の石段を見上げた。石段が月明かりに照らされて、白く輝いて見える。暗闇の向こうには、まだ色づくには早い銀杏《いちょう》並木が続いていることだろう。

一歩、石段を上がる度に、人生の終わりの時が近づいているかと思うと、悲しさで息が苦しくなる。しかし、この苦しさ以上に、高田通り支店での日常が苦しい。

「お前なんか役立たずだ。クズだ。グズだ。支店長に頼んでいるんだが、なぜか転勤をさせてくれないんだ。お前をもっと鍛え直せということなんだろう。私がこうして叱《しか》っているのは、お前を鍛えるためなんだぞ」

誰もいない応接室の中で堀本課長と二人きり。延々と「指導」という名の罵声を浴びせかけられる。

いったい自分が何をしたというのだ。ちゃんと実績を上げ、事務処理も丁寧にやっているではないか。なのにどうしてこんなにも苛められるのだ。やはり旧明和銀行出身だからか。

「お前は、向いていない。だいたい山北社長に嫌われていることが問題なんだ。あの社長に嫌われるなんて無能な証拠だ」

「私のどこがいけないのか、具体的にご指導願います」

「その生意気な言い方が嫌われるんだ。お前の全てがダメなんだ」

いつからこんな状態になったのだろうか。

柿沢は、ゆっくりと石段を上る。

全ては堀本課長が来てからだ。あの時から山北社長も私を避けるようになった。それ以前は、何もなかったのに……。理由は分からない。しかし、もう嫌だ。このまま勤め続けることはできない。

「死んでやる。死んで、堀本課長への恨《うら》みを記した人事部宛ての遺書を残してやる。復讐《ふくしゅう》だ」

暗闇の中で、柿沢は薄ら笑いを浮かべた。

さすがに自殺者が出たとなれば、遺書を読んだ人事部も堀本を追及するだろう。その時の堀本の慌てふためく顔が見たい。しかし死んでしまっては見ることができない。それだけが心残りだ。

ヤマキタ産業はもはや、実質的に堀本の担当となっている。柿沢は自分で融資案件を書いたことがない。堀本が自ら書く。いったいどれくらい融資をするつもりなのだろうか。いくら不動産ブームだと言っても、急激に増え過ぎだ。堀本が着任する前は三億円ほどの融資残高だったが、この間、こっそりコンピュータデータを打ちだして調べたら、六億円に倍増していた。大丈夫なのだろうか。以前は、なかなか案件が審査部を通らずに苦労したこともあったのに、堀本が苦労している様子はない。やっぱり俺は無能なのか。

でももう関係がない。ヤマキタ産業が倒産しようがどうしようが、死にゆく身にはどうでもいい。

石段を上り切った。目の前に稲荷神社の拝殿がある。提灯《ちょうちん》のぼんやりとした明るさで賽銭箱《さいせんばこ》が浮かび上がっている。参道の銀杏の木は、やはりまだ色づくには早い。

適当な枝はないかと探す。参道脇の木は高く、首を吊《つ》るには梯子《はしご》をかける必要がある。無理だ。届かない。

月明かりを頼りに、境内《けいだい》を見回した。拝殿の左右に幾《いく》つかの小さな社《やしろ》がある。それらに寄り添うように、低い木があった。枝も充分に伸びている。あれなら大丈夫だ。手を伸ばせばロープを巻きつけることが出来るだろう。

柿沢は、参道を離れた。月が雲に隠れた。辺りは漆黒《しっこく》の闇に包まれた。

＊

——誰がこんな夜中に呼びだしたのだろう。

新田は、怖れに似た気持ちを抱《いだ》きながら石段を上っていく。雲が月を隠し、辺りは暗い。足元がおぼつかない。

——あの時……。

女子行員妊娠騒動で窮地《きゅうち》に陥《おちい》っていた時も、新田は謎の男からの電話を受けた。もうすぐ問題は解決するという内容だった。事実、問題は、すぐに解決した。

——今回もあの男からだろうか。しかし、なぜあのキーワードを知っているのだ。私を悩ませている不良債権飛ばし、不動産、権藤といったキーワードを……。

新田は、綾小路専務から投げつけられたひどい言葉を記憶の中で反芻《はんすう》した。

「あなたほど見込み違いだった支店長はいない。期待をしていたのに。最近、妙なことに関心を持っているからじゃないですか。正義は必ずしも正義ならず。見て見ぬ振りすることも大事です。見ざる、聞かざる、言わざる、この三つさえ守っていれば、あなたは次は役員です。会長ともそんな話をしています」

「妙なこととはなんでしょうか?」

「それは自分の胸にお聞きなさい。それは必ず身を滅《ほろ》ぼすことになると思います。あなたの立場だけではなく、その身体そのものもね」

綾小路は、新田の身体を指差した。冷たい目だった。新田の背に、風邪《かぜ》をひいたわけでもないのに、ゾクゾクと寒気が走った。

死……、まさか。

「無能、無能、無能、あなたにぴったりの言葉です。もうこの銀行での将来はありません。関係会社にもポストはありません。他行に転職しようとしても、そちらに手を回します。あなたの存在自体が目ざわりなんです。あなたはもう一度、正しい道に戻りなさい。そうすれば輝ける未来が待っているんです。よく考えなさい。このまま無能のレッテルを貼られて、死んでいくのですか」

綾小路が、新田の胸を指先で突き、薄情な笑みを浮かべて立ち去っていく。

もう終わりなのか、この銀行では……。綾小路の痛罵《つうば》を思い出すたび、新田は地獄に落ち込んだような絶望的な気持ちになる。しかし、このままではいけないという思いは強い。たとえこの身は果つるとも、正義を貫き通したい。

石段を上り切った。銀杏並木が続くなか、石畳を歩く。目の前に、提灯の明かりを受けて淡《あわ》く赤色に染められた拝殿が見える。破風《はふ》づくりの立派な拝殿である。その左右には狛犬《こまいぬ》ではなく、狐《きつね》の石像が立てられていた。狐は、神様の使い、神獣だ。高さは、支店のロビーにある見慣れた観葉植物とちょうど同じくらい——一七〇センチ程度だろうか。

——あの拝殿にお願いすれば、今の窮地から脱することができるのだろうか。

拝殿に一歩一歩、近づいていく。約束の十時になった。誰が現われるのだろうか。

「第七明和銀行高田通り支店の新田さんでしょうか」

暗闇の中から突如《とつじょ》、声がかかった。新田は足を止めた。目を凝《こ》らす。人が立っていた。恐怖に顔が引きつる。

「ああ、私だ。君が、私を呼び出したのか」

新田は気持ちを奮い立たせた。自分の声が震えているのが分かる。この人物が、自分を地獄から救い出してくれるのか。

「私が呼び出したわけではありませんが、のこのことこんなに都合よく人気《ひとけ》のない場所に来ていただけるとはね。仕事がはかどります。新田さん、神様にお願いしても無駄ですからね」

顔の見えない男が近づいてくる。新田の足はすくみ、動くことができない。暗闇のベールを拭い、男が石畳の上に姿を見せた。男は黒いスーツに身を包み、夜にもかかわらず黒いサングラスで顔を覆《おお》っている。手にはキラリと光るナイフ……。

「それで私を」

新田が声を絞り出す。殺されるために、自分はここに呼び出されたのか。男は地獄から救い出してくれる使者ではなく、地獄へと引きずりこむ使者だったのか。

「悪く思わないでくださいね。頼まれたら嫌とは言えない浮世《うきよ》の義理なものですから」

男が、ナイフをぶらぶらさせながら新田に近づいてくる。サングラスの内側の目は、酷薄《こくはく》な光を放っていることだろう。新田は動けない。悲鳴を上げて脱兎のごとく走りだせばいいのに、全く身体が言うことを聞かない。「射すくめられる」というのは、こういう状態を指すのだろう。いきなり目の前にナイフを突きつけられた時、映画のように身体を翻《ひるがえ》すことができる人は、特別な訓練を経た人だけだ。普通の人は、その場に立ち竦《すく》み、凶刃《きょうじん》の餌食《えじき》になってしまう。例えば、そう、つい昨日《きのう》のこと、強盗の前で尻餅《しりもち》をついてしまった営業一課の安井君のように。

男が新田の目の前に来た。ナイフを顔の高さに持ち上げる。ナイフに提灯の明かりが映り込み、赤く閃《ひらめ》いた。

「覚悟しな」

男が告げ、今にもナイフを振り上げようとしたその時、男の背後に白いものが動いた。

「痛っ！」

男が叫び、もんどりうって後ろに倒れた。したたかに頭と背中を石畳に打ちつけ、どんという鈍い音を境内に響かせた。

「うーん」

男が唸《うな》る。カチリッという硬い音がした。男の取り落としたナイフが石畳に転がる。

新田は、目の前で起きていることが信じられなかった。

全身白ずくめの忍者のような衣装に身を包んだ狐面の男が、黒スーツの男の腕を両手で摑《つか》み、捩《ね》じ上げている。足は男の首元にかかっていた。

「新田さん、お怪我はないですか」

狐面の男が訊《たず》ねる。穏やかで気持ちを落ち着かせる声だ。聞き覚えがある気もするが、冷静さを欠いていた新田の脳裏に、具体的な名前が挙がることはない。

「は、はい」

我に返って、新田は答えた。

「あなたをここに呼び出したのは私ですが、この男は、ずっとあなたを尾《つ》けていたようです」狐面の男が、足に力を入れた。「ぐえっ」という空気の抜けるような音が聞こえた。

「この男、どうしましょうか」

「お任せします」

新田はようやく息を整えた。スーツの男は動かない。狐面の男に首の辺りを踏みつけられ、失神してしまったのだろう。

狐面の男が手を伸ばし、スーツ男のサングラスを外そうとした。すると、すんでのところでスーツ男は「きえっ」と声を張り上げると、狐面の男の縛《いまし》めからするりと脱《ぬ》けだした。そして身体を反《そ》らし、両足を跳ね上げて、すっくと地面に立つ。

「稲荷、また目見《まみ》えようぞ」

男が闇に消えた。新田は咄嗟《とっさ》に、逃げる男の身長を見定めようとした。狐の石像よりも拳一つか二つぶんほど低いので、男性にしては小柄な部類に入るだろう。

「なかなか油断ならぬ男のようですな」

狐面の男は、闇を見つめて一人ごちた。

「いったい何者でしょうか。身長は一六〇センチ弱といったところでしたが、心当たりはありません。また私を狙うのでしょうか……」

新田が震え声で呟いた。

その時、暗闇の中でなにかが落ちる、ドサッという大きな音がした。

新田も狐面の男も、音のした方に顔を向けた。

「何の音でしょうか」

新田が狐面の男に問う。狐面の男は首を左右に振った。

泣き声が聞こえる。男の泣き声だ。それが徐々《じょじょ》に近づいてくる。

新田は目を凝らした。その時、雲が切れ、月の光が辺りを照らした。

「柿沢君！」

新田が叫んだ。

「支店長……」柿沢も新田を認めた。「助けてください」消え入るような声で呟いた。首にはロープが巻かれている。柿沢は、ふらつきながらも近づいてくる。今にも倒れそうだ。

新田は狐面の男を仰《あお》ぎ見た。

「新田さん、すぐに介抱《かいほう》してやってください」

「ありがとうございます。そうだ、これを読んでくださいますか」新田は狐面の男に封筒を渡した。「ここにあなたが指摘された、不良債権飛ばし、不動産、権藤といったキーワードの答えがあります。私は、今、地獄をさまよっているような状態です。ぜひとも助力をお願いします」

頭を下げるや、新田は「柿沢！」と声を張り上げ、勢いよく駆けだした。

＊

「主水さんが来てくれて助かりました。私一人では、彼をここまで連れてこられませんでしたから」

深夜の喫茶店《きっさてん》「クラシック」に客は少ない。一人でテーブルに突《つ》っ伏《ぷ》して眠っている男と、二人で向かい合って座りながらスマートフォンをいじっている若い男女がいるだけだった。

　主水と新田の前には、柿沢が俯《うつむ》いて座っていた。首には薄く赤いあざが残っている。ロープの痕《あと》だ。

「ええ、たまたま友人と飲んで、帰宅する途中でした。ふと、神社にお参りしようと思いましてね。まさか、支店長と柿沢君がいらっしゃるとは思いませんでした」

　高田町稲荷で新田と出くわした主水は、二人がかりで柿沢を抱えるようにして、この喫茶店まで運んできたのだった。

　主水は、新田にメニュー表を手渡した。

「私も、色々ありましてね。神社にお参りしていたんです」

　新田の顔には疲労感が浮かんでいた。

「そうでしたか。色々、大変ですからね。それはそうと、柿沢君、自殺未遂《みすい》とは穏やかではありませんね」

　主水は、項垂れたままの柿沢に視線を移した。

「柿沢君は、堀本課長のパワハラで悩んでいたんですよね。同期の安井君から聞きました」

「主水さん、全く気づきませんでした。私は、支店長失格ですね」

新田が溜息混じりにこぼした。

それから柿沢がポツリポツリと語ったのは、堀本からの陰湿《いんしつ》な苛め、パワハラの実態だった。

「それにしても、堀本課長は陰湿だな」と新田が息巻いた。

「支店長」柿沢が顔を上げた。

「どうした？　何でも言いなさい」

新田は優しく問いかけた。

「私が旧明和銀行出身だから、苛められるのでしょうか」

柿沢は、泣き腫《は》らした赤い目で新田に迫った。

「そんなことはありえない。全く気にしないでよい。君は頑張っているじゃないか」

新田の優しい言い方が涙を誘ったのか、柿沢は再び顔を伏せ、ぐずぐずと洟《はな》を啜《すす》りだした。

「いつ頃からパワハラを受けているのか」という新田の質問に、柿沢は「堀本が転入してきてからだ」と明かした。同時期に、ヤマキタ産業の山北社長が柿沢を排斥《はいせき》し始めた。

「堀本課長の着任後、山北社長の態度が豹変《ひょうへん》したのが不思議ですね。そこに何か今回のパワハラの原因が潜んでいるんじゃないでしょうか」

主水が指摘した。

「それまでなにもなかったのに、おかしいですね」新田も同意した。「ヤマキタ産業は、支店の重要な取引先ですが、あまりに積極的な経営姿勢が目立つので、融資を抑え気味にしようと考えていたのです。それが山北社長の不興《ふきょう》を買いましたかね」

新田の話に反応した柿沢が顔を上げ、

「融資残高が、三億円も増えているんです」

と報告した。

「何だって、三億円！」新田は声を裏返し、「新規融資はしていないはずだがね。君の稟議書を見た覚えはないが……」と腕を組んだ。

「私は、稟議書を書いていません。実質的には、もうずっと堀本課長の担当になっています。山北社長の排斥に遭《あ》ってから、ずっとです。無能な担当者には任せられないということのようです」

「それはおかしい。稟議書なしで融資をしたというのか。堀本課長に質《ただ》してみる必要があるな」

新田が同意を求めるかのように、主水に視線を差し向けた。

「柿沢君の話を聞いていると、堀本課長にとって柿沢君の存在が邪魔になったようですね。それで排除するためにパワハラを行なったのではないでしょうか。ヤマキタ産業との間に何かありますね」

主水が推論を述べた。

新田が「同意見だね」と頷《うなず》いた。

「支店長、ただ堀本課長を問い詰めるだけではなく、懲《こ》らしめてやりましょう。私にいい考えがあります。お任せ願えますか？」

主水が提案した。

「主水さんに任せるの？」

新田は目をきょとんとさせ、口を半開きにした。主水は、銀行では縁《えん》の下の力持ち的存在である。そんな彼に堀本の追及を任せてもいいものかと戸惑《とまど》っているのだろう。

「私は庶務《しょむ》行員です。事務職の皆さんをお助けするのが仕事です」

主水がきっぱりと断言した。

「分かりました。それじゃ主水さんにお任せします」新田はにやりと笑みを浮かべた。「ところで主水さん、神社で白装束《しろしょうぞく》の狐面の男に会いませんでしたか」

「いいえ、誰にも会いませんでした。どうかされましたか」

「会いませんでしたか、それなら結構です」

「狐面の男とは、あの稲荷神社の使いか何かですかね」

「主水さん、もし、その狐面の男に会うようなことがあれば、私を地獄から救い出してくれるよう頼んでください」

新田が大真面目な顔で述懐《じゅっかい》した。

「私が、頼むのですか。分かりました。もし会うようなことがあれば、ですが」

主水は新田をじっと凝視《ぎょうし》した。

三

「あの野郎、恨んで死ぬだと、勝手に死ねばいい。しかし、遺書を残されては面倒なことになる」

堀本は、柿沢からの電話でタカダシティホテルに呼び出されていた。遺書にパワハラのことを書かれたくなければ、タカダシティホテルに来いというのだ。

面倒なことを抜かす奴だ。しかし少し苛め過ぎたかと思いつつ、堀本は仕事が終わってすぐにタカダシティホテルに駆けつけた。

今日、柿沢は体調不良を理由に仕事を休んだ。本当に自殺するつもりなのか。

「部屋は502号室だったな」

柿沢からの電話を思い出しながら、堀本はエレベータに乗る。五階で降りると、502号室はエレベータのすぐ傍にあった。

「ここだな」

ドアノブに手をかける。

「開いている……」

電話で柿沢が言っていた通り、ドアに鍵《かぎ》はかかっていなかった。

ドアを半分だけ開き、警戒しつつ、首を伸ばして中を覗き込む。いきなり柿沢の首吊り死体に遭遇《そうぐう》するのではないか。そんな馬鹿《ばか》げた心配が堀本の脳裏に浮かんでくる。

堀本は、足を忍ばせて部屋に入った。502号室はなかなか贅沢《ぜいたく》な造りになっている。マンションの一室のように短い廊下《ろうか》が通じていて、その先にリビングがあり、隣が寝室である。

「柿沢、いるのか」

堀本は奥に声をかけた。何かが動く気配がする。廊下の先に、人影が現われた。ぎょっとして堀本は立ち止まった。

「誰だ！　柿沢か」

堀本は虚勢《きょせい》を張ろうとした。しかしその声は、あからさまに震えている。

「何だ、堀本課長じゃないか。俺だよ、俺。山北だ」

人影が素《す》っ頓狂《とんきょう》な声を発した。堀本は急ぎ足で駆け寄る。

「どうしてここに」

堀本は、山北の顔が確認できる距離まで近づいた。

「何言っているのさ。あんたが話があるって言うから、来たんじゃないか」

山北が呆《あき》れた様子で聞き返した。

「私は、呼んでませんよ。私は柿沢に呼ばれたんです」

「柿沢に……。どういうことだ。あいつに、ばれたんじゃないか?」

山北の目が泳いだ。

「あんな体育会系の馬鹿に、ばれるわけがない。それより融資した三億円、早く返済してもらわないと、ややこしいことになる。期限は一ヵ月ですからね」

動揺する山北を尻目にかえって落ち着きを取り戻した堀本は、リビングに入ると、ソファに腰かけた。

「分かっているけど、まだ無理なんだ。もう少し待ってくれないか」

汗を拭《ぬぐ》いながら、山北も堀本の向かいに座った。

「待てないですよ。こっちも無理しているんだから」

「でも金を渡しているじゃないか。何とかするのが堀本さん、あなたの役目じゃないのさ」

山北は苛立ちを隠さずに取り縋《すが》った。

「何とかしますけど、とりあえず返してもらって、また融資するという形を取らせていただかないと……」

堀本が渋い顔をした。

「ちょっと待って」山北が周囲を警戒し、堀本の話を制した。「おかしい。私は堀本さんに呼びだされ、堀本さんは柿沢君に呼びだされた。これはどういうことですかね」

「そういやあ、柿沢は私への怨みを書いた遺書を残して、ここで死ぬと伝言してきましたが、死んではいないみたいですね」

「そんな電話をしてきたんですか。それじゃ、これは柿沢君の仕業《しわざ》ですか」

山北がオロオロとして落ち着きを失った。

と、その時、「やはりそうでしたか」と寝室の方から柿沢が現われた。その態度は自信に満ち、堂々としていた。今まで堀本に苛められ、屈辱《くつじょく》に打ち震えていた男とは思えない。

「お前、どういうつもりだ。こんなところに呼びだしやがって」

堀本が怒鳴《どな》った。

「柿沢君、これは何の真似だね」

山北が額を手で拭った。冷や汗が光っていた。

「今の話、全てここに録音させてもらいました。課長が稟議書なしで実行票を自分で記入して、不正に融資実行オペレーションをしていたことは分かっています。だから、私が邪魔だったのですね。私がいたら、いつか不正に気づく。それで排除しようとパワハラしたんですね」

柿沢は、ICレコーダーを右手で持ち上げた。

通常、融資は稟議書を作成し、支店長や、金額によっては本店審査部の承認を得る。それに基づいて融資実行オペレーションがなされるのだが、その際に作成される実行票という伝票には、課長の承認印が捺《お》されていればよい。稟議書に基づいて実行されるだけなので、権限が課長に委譲《いじょう》されているのである。堀本は、それを悪用し、実行票を不正に作成した。その際、金額は小口に分けられていたが、積もりに積もり、三億円にも膨《ふく》らんだというわけだ。

「新田支店長も全てご存じです。ここで支店長の堀本課長へのメッセージを再生します」

柿沢がICレコーダーを堀本に向けた。

『堀本君、君の不正や、部下を部下とも思わぬ態度を知り、私は衝撃を受けつつも、怒りに震えている。君には厳罰が下ることだろう』

ICレコーダーから、新田の冷静ながらも怒りのこもった声が流れた。

「なんのことだ。馬鹿言うんじゃない。何もかも、お前が無能だったからだ。そのICレコーダーをこっちに寄こせ」

堀本が手を伸ばし、ＩＣレコーダーを奪おうと柿沢に突進した。

柿沢は腰を低くして両腕を広げ、突進してくる堀本を力強く受け止めると、「えいっ」とばかりに軽々と床に転がした。

「ラガーマンを見くびるんじゃねえ」柿沢は、堀本を見下ろした。したたかに床に背中を打ちつけた堀本は「うーん」と呻き、白目を剥《む》いた。

慌てた山北が、床に倒れた堀本を踏み越えて出口の傍まで行き、ドアを開けようとしている。

「逃がすな！」柿沢が叫んだ。その声に応じて、主水が部屋に飛び込んできた。

「お前は誰だ！」出口を塞《ふさ》がれた山北が、唾《つば》を飛ばした。

「お前のような、人を苛め、踏み台にしようとするような奴は絶対に許さない」

主水は、山北の鳩尾《みぞおち》に当て身を食らわせ、さらにぐいっと力を込めた。ぐえっという蛙《かえる》の鳴き声のような音を漏《も》らし、山北は白目を剥いた。そして口から泡を吹き、気絶してしまった。

堀本が意識を取り戻し、呻き声を上げた。主水はすかさず、持参した狐面で顔を覆った。

「堀本課長、贅沢な生活を維持するために山北社長に融資を斡旋《あっせん》し、その手数料を取っていたのだな。人事部時代も、自分が名門の出身だということを吹聴《ふいちょう》して、他の行員に昇格や出向などで有利に取り計らってやると嘘をつき、金を受け取ったという噂があったが、それも本当のことだったのだろう。稟議書なしで、融資オペレーション実行票を偽造し、ヤマキタ産業への融資を実行した。その悪事を知られたくないために、柿沢を排除しようとしたのか。愚《おろ》かな奴め」

「き、狐！　誰だ！」

堀本は、目の前に現われた狐面の男に驚き、目を白黒させた。

「お前のような奴を地獄に引き連れていく、地獄からの使者だ」

狐面の男は厳しく断罪し、堀本を指差した。

「金が必要だったんだよ。贅沢は止められないんだ。しかしなぜ、何もかもばれたんだ……やはり、銀行内にＣＩＡのような存在が……」

おろおろと、堀本がうわ言を呟いた。そして、ただでさえ細長い首をするすると伸ばした。細く、鋭い目がぬめぬめと光る。次の瞬間、堀本は猛然《もうぜん》と狐面の男に飛びかかった。自暴自棄《じぼうじき》になっているのか、ただがむしゃらに摑みかかった。

狐面の男はひらりと身をかわすと、堀本の首の後ろ、延髄《えんずい》を空手チョップで打った。

「うん」と堀本が一声発すると、その場にどさりと崩れ落ちた。

堀本が完全に気を失ったのを見届けてから、主水は狐面を取り外した。

「主水さん、ありがとうございました。本当に助かりました」

「そのＩＣレコーダーを新田支店長にお渡ししなさい。後はちゃんとしていただけるでしょう」

「この二人はどうしましょうか」

「もっと痛めつけますか」

「いいです。何だか哀《あわ》れに思えてきました。金のために心を売ってしまったのですからね」

柿沢は床に横たわる堀本と山北を見下ろした。

「あなたがそう言うなら、このままにしておきましょう。さあ、行きなさい」

「主水さん、どうして狐面なんか被《かぶ》ったのですか」柿沢が興味深げに聞いた。

「昨日の晩、柿沢君はお稲荷様に助けを求めたのでしょう。この二人をやっつけるには、この面がぴったりだと思いましてね」主水は微笑んだ。

「主水さん。あなたは噂のＣＩＡのような人なのですか」

憧れのような目つきで、柿沢は主水を凝視した。

「私ですか、私は一介《いっかい》の庶務行員に過ぎません。柿沢君、あなたが旧明和銀行出身だからといっても、関係ありませんからね。頑張るのですよ」

主水は優しく諭《さと》した。

「はい、ありがとうございます」

柿沢は、心から晴れ晴れとした笑顔になり、踵《きびす》を返すと、急ぎ足で部屋から出ていった。

「さあ、もうひと仕事にかかるかな」

主水は、胸のポケットから封筒を取りだした。それは新田から託されたものだった。表には「告発状」と黒々とした墨字で書かれていた。

# 第五章　あの男との決着

## 一

主水は、目の前の冷酒に手をつけることなく、ぼんやりと遠くを見つめるような目をしていた。

「どうしたのさ。主水さん、せっかく〝十四代《じゅうよんだい》〟を手に入れてきたのに」

女将《おかみ》が怒る。主水が庶務行員になる前から通っている中野坂上の居酒屋の、馴染みの女将だ。

〝十四代〟は、山形県の高木《たかぎ》酒造で作られる日本酒で、その芳醇《ほうじゅん》な香りと味で抜群の人気がある。なかなか手に入りにくいので幻の酒と呼ばれることもある。

「ああ、そうだね」

心ここにあらずという表情のまま江戸切子《えどきりこ》の徳利《とっくり》に手を伸ばす。透明な酒が、これまた江戸切子の盃《さかずき》に注がれる。深い海のような濃いブルーの盃が、〝十四代〟という銘酒《めいしゅ》に満たされ、一層、輝きを増す。

主水はゆるりと盃を口に運ぶ。果実のような甘い香りが鼻腔《びこう》をくすぐる。口に含むと、全く刺激なく喉《のど》を越し、芳醇な酒香《しゅこう》が後を引く。

「美味《うま》いねぇ」

ようやく目を細める。

「そりゃ、そうさ。山形の友達に頼んでやっとこさ手に入れたんだからね。主水さんに飲んでもらおうと思って」

女将は、ふくよかな身体《からだ》を揺らしながら、小さな鍋で蟹《かに》スキを作り、主水に供した。温かい湯気が立ち上っている。

「何か心配ごとがあるのかい」

「いや、何でもない。ところでさ」主水は、カウンター越しに女将を見上げた。

「あの神無月って客、たまに来るの」

「来ないわね」女将はふっと考える顔つきになり、「そうね、あの後、一度だけ来られたわ。若い可愛《かわい》い女性と一緒に」

「可愛い女性ね」

「親しげな様子だったけどね」

「そう……」

　神無月が女性と来たのか。あの地味な男に恋人がいるとは思えないが……。娘だろうか。暗い表情で主水に依頼事をした神無月が、可愛い娘と酒を酌《く》み交《か》わしている光景を想像すると、ほほえましくて温かい気持ちになる。

「神無月さんがどうかしたの？」

「いや、何でもない」

　主水は、空になった盃に酒を満たした。

　神無月にこの店で会い、〝あの男〟に「一緒に戦ってくれ」と頼まれて以来、主水の人生は予想もしない方向に転がっている。それは今のところ、悪い方向なのか、良い方向なのかは分からない。しかし刺激が強すぎることだけは確かだ。

　深く考えずに「戦い」という言葉に反応してしまったことが間違いだったのか、と主水は思った。

「戦い」の意味が、漠然《ばくぜん》としながらもようやく見えてきた。高田通り支店支店長の新田から稲荷《いなり》、すなわち主水に託された手紙からだ。手紙には、新田の悩みが切々と書かれていたのである。

銀行合併《がっぺい》に関わる闇——。

旧第七銀行と旧明和銀行は、二年前に合併し、メガバンクの一角を占めるようになった。

合併に当たってお互いは対等の関係にこだわった。人事、店舗数、本店所在地、コンピュータシステムなど、何もかもだ。

足して二で割るような対等関係である。店舗も旧第七銀行で一店舗リストラをすれば、旧明和銀行で一店舗リストラするといった具合だ。スピードを重視する時代で、一気に合併効果、特にコスト削減による経営の効率化を達成しなくてはならないことは、両行の首脳には分かっていた。また合併を主導した金融庁からも、そのことを強く要請されていた。

しかし両行のトップは、効率化を頭では理解しつつも、心では全く理解していなかった。とにかく対等関係にこだわったのである。

問題があった。それが不良債権《ふりょうさいけん》である。

両行トップは、合併に当たって「不良債権や不祥事《ふしょうじ》など、抱えている問題はそれぞれが責任をもって解決すること」という極秘《ごくひ》の覚書《おぼえがき》を交わした。このことはメディアなどで表面化することはなく、またどんな問題を処理したのかは、合併当事者同士も知ることはない。紳士《しんし》協定のようなものである。

当時、旧第七銀行頭取《とうどり》だった権藤を悩ませていたのは、バブル期の不良債権のことだった。旧第七銀行は、バブル期に不動産融資を積極的に行なった。それらはバブル崩壊と共に巨額の不良債権として経営を直撃したのである。世論《せろん》の批判を浴びながらも公的資金を注入されるなどして、ほとんどを償却《しょうきゃく》し、帳簿から消し去ることができたのは合併直前のことだった。

権藤は「頭取になどなるもんじゃない」と周囲に自虐《じぎゃく》的に語ったことがあるが、それは本音だった。

しかし、権藤にも処理できない不良債権があった。それは自分自身に関わるものだった。

「新田さんも一人で抱え込んでさぞかし辛《つら》いだろう。まさか三雲に脅《おど》されていたとはねぇ」

主水は、蟹の足を口に入れた。旨《うま》みがじんわりと身体全体に沁《し》みていく。

「何か言った？」女将が聞く。

「いや、何も」主水は、素知《そし》らぬ顔で「一杯どうだい？」と徳利を持ち上げた。

「嬉《うれ》しいわねぇ。今夜は、どうしてこんなに客がいないのかしら」女将は嘆《なげ》きながらも、はち切れるような笑みを浮かべてカウンター越しに両手で盃を差し出した。

主水が酒をなみなみと注ぎ入れる。女将が、「幸せに乾杯《かんぱい》」と言い、一気に飲み干した。

「幸せに……乾杯」

主水も盃を干した。

権藤には、年の離れたたった一人の妹がいた。東北のある県の旅館の女将として嫁《とつ》ぎ、幸せに暮らしていた。

ところが夫が急死して、彼女の運命は暗転する。一人で旅館を切り盛りするのは大変な苦労だった。

やがて権藤の妹に、男ができた。地元の有力政治家だった。彼女は、何かとその男の相談に乗った。こうしたことは最初は上手《うま》くいく。旅館も安泰《あんたい》、彼女自身も幸せだった。

一方その頃、権藤は、銀行トップとして多忙な日々を過ごしていた。妹の窮《きゅう》状《じょう》も、男ができたことも何も知らなかった。相談にもあずからなかった。お互い大人同士、不干渉《ふかんしょう》の関係を保っていた。

ただ内心では、権藤は気にかけていた。

ある日、妹が、やつれた姿で権藤のもとにやってきた。権藤は、苦労が全身を包み込んでいるような妹の様子に驚いた。

妹は「助けてほしい」と泣いた。

妹の頼った男が、助けになったのは最初だけだった。旅館が順調に営業できていた頃、「政治に金を使うから」と言い、男は妹から次々と金を引き出すようになった。やがてその金は膨大《ぼうだい》な額に及び、もはやにっちもさっちもいかない状態になったのである。

手形を乱発し、資金繰りは自転車どころかスーパーカー状態。旅館には怪しげな連中がやってきては妹に借金返済を迫ってくる。

当然のことながら、男とは喧嘩《けんか》になる。男は、「このババア」と捨てゼリフを吐いて、出ていってしまった。

その後、男は、東北の山中で殺害され、死体となって発見された。暴力団関係者の仕業《しわざ》だと噂《うわさ》になったが、犯人は結局、逮捕されなかった。

男が去った後は、それ以前にもまして妹のもとに、多くの債権者が返済を求めてやってきた。ほとんどは裏の世界、いわゆるヤクザの関係した闇金だった。妹は死のうと思った。その前に兄である権藤に相談してから……。


「ねえ、女将、身内から生死がかかっているような相談を受けたらどうする？」

主水は、鍋の汁を飲んだ。身体が温まってくる。

「そうね……。相談内容によるけど、やっぱり見捨てられないわね。主水さん、誰かに相談を受けてるの」

年齢の割に濁《にご》りのないキュートな目で、女将は主水を見つめた。

「いや、そうじゃないんだけどね」

権藤は、妹の窮状を聞き、何とかしてやりたいと思った。しかしヤクザが絡《から》んだ問題を処理するのは通常の手段では無理だ。妹の名誉も守ってやらねばならないからである。

権藤の頭に浮かんだのは、財界の大物、小沢健司《おざわけんじ》だった。小沢は戦後、徒手空《としゅくう》拳《けん》から経済界の大立《おおだ》て者《もの》に成りあがった人物である。

最初は進駐軍に食い込み、払い下げ物資を販売することで資金を作った。そしてバス会社を皮切りにタクシー、ホテルなどを次々に買収し、巨大な運輸観光企業グループを築いた。そんな小沢が次に目指したのは、都心に悠然《ゆうぜん》と構える名門ホテルの買収《ばいしゅう》だった。

その名門ホテルは、旧第七銀行の主要な取引先だった。小沢による買収を防いで欲しいとホテルから依頼を受けた権藤は、防衛策の一つとして秘密裏《ひみつり》に小沢と会った。十五年前のことだった。

「私は、成りあがりです。あの名門ホテルを買収することで、名実《めいじつ》ともに財界人として認めてもらいたいのです」

小沢は本音を語る男だった。日本の財界は、小沢のような成りあがり、まして や買収で巨大化した企業の経営者を自分たちの財界クラブのメンバーとして認めない。そのことが悔《くや》しいのである。

権藤は、小沢に名門ホテルの会長就任を打診した。その代わり買収してオーナーになることからは手を引かせた。

権藤の、堅物《かたぶつ》のイメージが強い銀行員とは思えぬ水際立《みずぎわだ》った対応に小沢はひどく感嘆《かんたん》し、権藤との親交を求めてきた。以来、権藤は、小沢と親密になったのである。

「あの男なら……」

権藤は、小沢に妹の負債の処理を依頼した。

小沢はにこやかな笑みを浮かべ、「承知した」と言った。

それからほどなくして妹から「ありがとう」の連絡が入った。ヤクザたちは全て手を引いた。小沢の率《ひき》いる企業が妹の会社の経営に乗り出すこととなり、妹はそのまま代表として位置づけられたのである。

「本当にありがとうございました。どうやってこのご恩に報《むく》いたらいいか分かりません」

権藤は、小沢に心底《しんそこ》から感謝した。

「私は、何もしていません。権藤さん、ある男に三十億円ほど融資《ゆうし》をしてやってくださいますか」

小沢は静かに言った。権藤は、一瞬は痺《しび》れるような震えを感じたが、ここで怯《ひる》むわけにはいかないと、即座に了承した。

小沢が紹介したのは、ある右翼活動家だった。しかしてその実態は、広域暴力団の幹部、町田一徹《まちだいってつ》だった。

妹の問題は、町田が全て仕切って解決したのだという。融資はその謝礼のような意味を持っていた。

権藤は、町田と面談することもなく、小沢を信用し、町田が購入する田園調布の豪邸《ごうてい》を担保《たんぽ》に三十億円の融資を部下に命じて実行させた。勿論《もちろん》、豪邸とはいえ、そこまでの価値はない。

現在のようにコンプライアンスが厳しく問われる時代ではなかった。権藤もやや不安ではあったものの、政治家や他の大物右翼にも億単位の融資をしているという実績があり、それほど、町田への融資を問題だと思っていなかった。

「返済だけはよろしくお願いします」

権藤は、小沢にそれだけを頼んだ。

それから数年経《た》ち、小沢は亡くなった。町田への融資は依然《いぜん》として残ったままだった。利息が時々支払われる程度だった。実質的には不良債権となってしまったのである。

しかし町田に返済を求めることはできない。町田との間で返済を巡る問題が起きた際、間に入ってくれることを期待していた小沢はもはやこの世にいない。

このままでは元金に利息が蓄積され、三十億円以上の不良債権になってしまうと懸念《けねん》した権藤は、総務部の部下に町田との接触を図らせた。

しかし結果は思わしくなかった。

「あれは謝礼としていただいた金だと思っています。ただ外見を繕《つくろ》うために融資の体裁《ていさい》をとっただけだと……」

町田は静かに笑うだけだった。その頃、町田は押しも押されぬ右翼団体の代表となり、またヤクザ組織でも重きをなしていたのだ。

権藤は、部下に「何とかしろ」と命じた。特に具体的な処理の指示をしたわけではない。トップが困った時には部下が知恵を絞《しぼ》り、部下の責任として不良債権を処理するのが当然のことだと思っていたからである。権藤もそうやってトップの指示に忠実だったからこそ、今日の地位まで昇りつめることができた。同じことを部下に要求しただけだった。

権藤の部下は、町田への融資の元金と利息を銀行本体から関係のローン会社に移した。それまでは本店営業部で融資を担《にな》っていたが、利息を追い貸ししている間に三十億、四十億円と不良債権が膨《ふく》らんでいったためである。

しかしそれでは収まらなかった。バブル崩壊後の金融庁の検査は厳しくなり、関係会社にも及ぶようになった。ついに関係会社の融資の実態が厳しく調べられたのである。

一計を案じた部下は、その頃、バブル崩壊後の不動産の底値を漁《あさ》って業績が好調だった三雲不動産に相談した。彼が高田通り支店で懇意《こんい》だったからだ。

三雲不動産の当時の社長は、現社長の三雲豊喜の父親である。創業者だけあって、なかなかの人物だった。裏社会にもそれなりに顔がきいた。

問題のある不良債権を飛ばす方法には幾《いく》つかある。一つは、銀行で多くの会社を作るという方法である。勿論、資本関係は希薄《きはく》にするか、全く持たせない会社だ。そこに不良債権を飛ばし、時機を見ながら償却していくのである。もう一つは、有力な中小企業を使う方法だ。中小企業では、オーナーの一存で事業が進んでいく。大企業のようにわずらわしい手続きも不要だ。その意味で銀行は経理操作の場合、中小企業を利用することが多いのである。

例えば、使途不明な予算に困った時、中小企業のオーナーに依頼して、そちらで計上してもらい、私的に使うことなども頻繁《ひんぱん》に行なわれている。権藤が愛人に支払う手当などは、まさか銀行で捻出《ねんしゅつ》するわけにはいかない。どこかの中小企業の社員としてそこから女性に支払ってもらい、後日、銀行との間で清算するのである。

だから部下の三雲不動産を利用して不良債権を飛ばすという発想は特別なことでも何でもない。

それでも部下の対処は慎重だった。まず、三雲不動産に幾つかの会社を設立させた。当然ながらそれらは、幾つものダミー会社を経由して資本構成が三雲不動産と無関係であるかのように装ったのである。そしてそれらに不良債権を移した。移す資金も多くのダミー会社を経由して、最終的には旧第七銀行の関係会社の不良債権が回収されたように形を整えた。

こうして何年かが過ぎた。その間、不良債権はわずかに利息が支払われる程度で膨らみ続けた。途中、幾らかは飛ばし先の会社を清算することで償却することもあった。


「残高が五十億円以上にもなったのか」

主水は呟《つぶや》いた。第七明和銀行にとっては、たかが五十億円だろうが、権藤の私的な問題を解決するためだったとなると話は別だ。問題にもなるだろう。

そして三雲不動産の前社長が亡くなった。彼は、後任である息子の三雲豊喜に何も伝えずに亡くなったのである。

彼が生きている間に全てを片付けるべきだった。権藤は悔やんだ。

五十億円以上にまで膨らんだ不良債権——。

金額の問題よりも権藤個人に関わるものであり、慎重に処理しなければ不測の事態が発生してしまう。表面化した場合、大きな問題となる可能性がないとも限らない。どうすべきかと案じているうちに手つかずのままとなってしまった。

権藤は、部下に「上手くやれ」という曖昧《あいまい》な指示を与えているだけだった。部下が具体的に何をしているかという報告は全く受けなかった。むしろ聞こうとしなかったというのが正直なところだろう。

そんな折、旧明和銀行との合併が成立した。

合併の過程で、この不良債権の存在が旧明和側に知られることはなかった。

三雲不動産の新社長、三雲豊喜も、何も言ってこなかった。不良債権の火種は眠ったままになっていたのである。

主水は新田からの手紙を取り出して開いた。

〈これがこれまでの経緯《けいい》です。

三雲豊喜は、亡父から会社を引き継ぎ、財務内容を精査している際、旧第七銀行の不良債権飛ばしに協力している実態に気づきました。

三雲は、私に、自分が調べた不良債権飛ばしの内容を説明しました。亡父の遺《のこ》した記録もあったので、権藤会長に関わるスキャンダルも詳細に教えてくれました。

私が「どうするのか」と尋《たず》ねますと、三雲は「公表する」と言いました。私は「待って欲しい」と頼みました。三雲は、待つ条件として、有利な融資をするように言ってきたのです。

いま、不動産市況が活発に動いています。資金が豊富にあれば、莫大《ばくだい》な収益が上げられる可能性が高まってきました。

三雲は、いまがチャンスとばかりに資金を不動産に投入しようと考えたのですが、それには自由になる財布《さいふ》が必要です。それを高田通り支店にしようと考えたのでしょう。

私は、悩みました。銀行員として特定の客に有利な融資を行なうわけにはいきません。しかし、三雲の申し出を拒絶すれば、不良債権の実態を公表され、第七明和銀行は金融庁からも世間からも厳しく非難されることでしょう。

私は、権藤会長とは共に働いたことがあり、尊敬しています。このような不良債権飛ばしを行なわれていたのは衝撃でしたが、守らねばならないと思いました。

それでそれとなくご本人に相談を申し上げたのです。このままでは大変なことになると。

権藤会長の反応は意外でした。いきなり怒り出し、「不良債権の存在など全く知らない、何を言うのだ」と激しく叱責《しっせき》されたのです。取りつく島もありませんでした。それから一切《いっさい》、私には会おうともされません。

仕方がありません。私は三雲社長と頻繁に会い、何とか公表を思いとどまるように説得《せっとく》しました。

彼は、この不良債権をどのように解決するのかと聞いてきましたが、私は、いずれきちんと処理するとしか返事のしようがありません。本来ならば、処理は総務部が担っているのでしょうが、権藤会長があのような態度では、抜本《ばっぽん》的な処理をするとは思えません。

一方、権藤会長に相談申し上げて以来、私の周辺では不穏《ふおん》なことが起きるようになりました。常時監視されているような気がしますし、自宅の電話が盗聴《とうちょう》されていたこともありました。脅迫《きょうはく》めいた電話がかかってきたこともあります。

誰が私を脅迫しているのかは分かりません。もし権藤会長の手の者であれば、私が、三雲社長と共謀《きょうぼう》して権藤会長に弓を引こうとしているのだと邪推《じゃすい》しているのかもしれません。

またなぜか権藤会長の右腕と称している綾小路専務をはじめ、役員から厳しく当たられるようになりました。私が協議する案件なども、ことごとく本部から拒否されるありさまです。まるで私に銀行を辞めろと言わんばかりの仕打ちです。これでは客や行員に迷惑をかけてしまいます。なぜだか分かりませんが、これも権藤会長に諫言《かんげん》したことへの報復《ほうふく》なら、私は許せません。

私は、銀行員としてこのような不良債権の飛ばしをこのまま黙って見過ごすわけにはいきません。公表するしないにかかわらず、第七明和銀行が不良債権を三雲不動産から引き取り、右翼の町田と交渉して返済を求めねばなりません。それが筋だと思っています。

三雲社長は、私が追加の融資に関して色好《いろよ》い返事をしないことに焦《じ》れています。今にも飛ばしの一件を公表すると息巻いています。

私が三雲社長の要求を呑めば、さらに深い泥沼に入るのは必定《ひつじょう》です。断固拒否を貫いています。むしろ今では私は、この不良債権飛ばしの実態を公表すればいいと考えるようにさえなってきています。その考えを三雲社長に伝えますと、彼は、交渉の切り札をなくすことに懸念を覚えたようですが、有利な融資を実行してくれないのなら十一月末にはマスコミにリークすると通告してきたのです。

私は、彼に言いました。「公表してもいい。これをきっかけに銀行の改革が進めばいいのだから」と。三雲社長は、私が動じないことが非常に不満のようでした。それでただ一言、「権藤会長に『公表する』と伝えろ」とだけ最後通告のように言い、私とは会おうとしなくなりました。

三雲社長は、いま公表に向けての周到《しゅうとう》な準備をしているものと思われます。残された時間はあまりありません。私は、どう動けばいいのか迷いの中におります。

不良債権飛ばしの実態を知ってしまった以上、これを放置するのは私も共犯関係にあることと同義です。三雲社長が公表する前に私が何らかの動きをするべきなのか。稲荷とやらが、どこのどなたか分かりませんが、私の窮状を救ってくださるのなら、縋《すが》りたいという一心であります……〉

「あとひと月もないか……」

主水は一人ごちた。

「主水さん、何か言った？」

女将が怪訝《けげん》な表情を主水に向けた。

「いや、何も」

主水は、盃を口に運んだ。

二

背後がざわつく感じがする。誰かに尾《つ》けられていると直感した。背後に気を配りながら歩みを遅くする。

殺気というほどの険《けわ》しさは感じない。尾行《びこう》に慣れている人間のようだ。

女将の店で飲んだ酒の酔いが醒《さ》めていく。

深夜の中野坂上に人通りはない。夜の静けさが身に沁みる。

立ち止まって振り向くべきか、このまま知らぬ振りを決め込んで歩いていくべきか、主水は迷った。

「主水さん」

声がかかった。聞き覚えがあるような気もするが、はっきりとイメージを結ぶことはできない。

振り向こうとした。

「そのままでいいですよ。ゆっくりと歩いてください。どうせほろ酔いでしょうから、醒ますのに丁度《ちょうど》いいでしょう」

相手は、薄笑いでも浮かべながら話しているのだろう。やけに朗々《ろうろう》とした声色《こわいろ》だった。

「何か私に用がおありでしょうか」

主水は正面を向いたまま歩いた。背後からナイフや銃で襲《おそ》われるような切羽詰《せっぱつ》まった気配はない。

「この間は、高田町稲荷ですっかりやられてしまいました。やはりお強い。敵《かな》いません」

「やはりこの間の黒いスーツの方でしたか。もう少し武道を修練されるといいですね。ところでご用件を早く言ってくださいませんでしょうか。このままだと緊張して背中や肩が凝《こ》ってしまいそうです」

「余計な関心を持つなということだ」口調が変わった。「それだけだ。お前は、ただの庶務《しょむ》行員に過ぎない。何を気取って正義の使者を演じているんだ。余計なことに首を突っ込むな」

主水は振り向いて、この謎の男を叩きのめしてやろうと思ったが、ぐっと堪《こら》えた。

「何のことだか分かりません。私は庶務行員の仕事を真面目《まじめ》にこなしているだけですが。それがなにかお気に障《さわ》ったのでしょうか」

「忠告だよ。いまの仕事を失いたくなかったら、静かにしていろ。新田に与《くみ》するなどという馬鹿《ばか》な考えは止《よ》すんだな」

「新田さんは支店長です。彼にお仕《つか》えするのは当然です。あなたこそ余計なお世話です」

激しい怒りが込み上げてきた。

「忠告したぞ。とにかく新田にかかわるんじゃない。目障りだ。じゃあな」

主水は、男の声が終わるか終わらないかのうちに振り返った。しかしそこには深々とした闇だけがあった。男は姿を消していた。

「いったい誰なんだ。〝あの男〟の手の者なのか。俺も〝あの男〟に雇われているのだが。こうなったら徹底して新田支店長を守ってやろうじゃないか」

主水は闇に向かって語りかけた。自分の声が、この闇のどこかに潜《ひそ》んでいるかもしれない黒いスーツの男に聞こえればいいいと思った。

三

「こちらでございます」

黒服が素早く近づき、綾小路を案内する。

ほの明るい店内には、多くの胡蝶蘭《こちょうらん》の鉢が飾られていた。甘い香りで噎《む》せ返りそうだ。

天井には、色鮮やかなアゲハ蝶のステンドグラスが設《しつら》えられている。フロアでは夜の蝶たちが、まさに優雅《ゆうが》な羽ばたきで鱗粉《りんぷん》を放つように、濃厚《のうこう》な香りの脂《し》粉《ふん》を振りまく。

綾小路は、美しく着飾ったホステスたちと談笑する男たちに目をやった。

「まさに『胡蝶の夢』ですね」

銀座の高級クラブ「胡蝶」の店名は、中国の思想家荘子《そうし》が蝶になった夢を見て現実を忘れたという故事《こじ》に由来していた。夢と現実の区別がつかない、いわゆる夢見心地の世界。また人生の儚《はかな》さを喩《たと》えてもいる。

「はい、お客様、その通りでございます。当店ではお客様に夢うつつで過ごしていただくよう心がけております」

先を歩く黒服が振り向きつつ、答えた。

綾小路は頭取の木下富士夫から、行きつけのクラブに来てほしいと呼ばれたのだが、これほど艶《あで》やかな店だとは想像していなかった。

公的資金が銀行に注入されていた頃は、役員といえども全く贅沢《ぜいたく》はできなかった。報酬《ほうしゅう》は金融庁によって制限がかけられており、いわんや接待交際費を潤沢《じゅんたく》に使うなど、もっての外《ほか》だ。現在は公的資金を完済したおかげで金融庁の監視は緩《ゆる》くなったのだが、それでも世間の目は相変わらず厳しい。専務の綾小路であっても銀座のクラブに来ることなど稀《まれ》だ。ましてやこんな高級クラブに出入りすることはできない。

——さすが頭取だ。

綾小路は、何が何でも頭取、または会長というトップの座を獲得してやると、改めて強く思った。

「こちらです」

フロアを抜けた先に、ＶＩＰルームがある。そこに木下がいるようだ。

黒服がドアを開けた。

「おう、綾小路君、こっちだよ」

太《ふと》り肉《じし》の身体を揺らすように両手を上げて、木下は綾小路を招く。

合併前、木下は旧明和銀行の頭取だった。第七明和銀行になった後も、そのまま頭取の座にいる。

人当たりが良く、尊大さはない。温厚《おんこう》な笑みが特徴だ。その点、権藤と大きく違う。しかし鋭《するど》く光る細い目が、時折、部下を威圧《いあつ》することがある。

「三雲さん、いたのか」

「はい、専務。お先に頭取と飲んでおりました」

三雲が馴《な》れ馴《な》れしげな笑みを浮かべている。その右手は、真っ赤なロングドレスを着た細身のホステスの腰に回されている。日本人離れしたエキゾチックな顔立ちだ。

木下の隣には「胡蝶」のママだろうか、淡《あわ》い青緑の留袖《とめそで》姿の年配の女性が座っている。四十歳は越えているだろうが、それを感じさせない小悪魔的な愛らしさがある。

綾小路は、木下と三雲の間に座らされた。

「何をお飲みになりますか」とママが聞いた。

「ウイスキーの水割りをお願いします。銘柄《めいがら》はお任せします」

テーブルには、ずらりと高級ブランドのウイスキーが並んでいる。どれにも木下の札がかけられている。余程の常連のようだ。

ママが水割りを作って、綾小路に手渡した。

「じゃあ、乾杯しようか」

木下が、三雲に目配せをした。

「綾小路さんが、早く頭取になられるように乾杯しましょうか」

三雲が笑みを浮かべた。

「おいおい、そうしたら私はどうなるんだよ。お役御免《やくごめん》かね」

木下が身体を揺すって嬉しそうに笑っている。自虐的に言っているだけなのだ。

「そんな……」

綾小路が困惑《こんわく》した表情になった。

「木下頭取は、実力会長になってもらえばいいじゃないですか。さあ、乾杯です」

三雲がグラスを上げた。

「乾杯」

三人の声が揃《そろ》った。グラスの当たる音がする。

「悪いけど、ちょっと席を外してくれるかな」

木下が、ママに言った。

ママとホステスは無言で席を立ち、部屋を出ていった。

木下が、綾小路と三雲に振り向き、「きれいどころがいなくなったところで、じっくりと戦略を練ろうじゃないか」と細い目を更に細くした。

「まさかこの三人で権藤会長の追い落としを画策《かくさく》するとは思いもよりませんでした」

三雲がにやにやとした。

「追い落としだなんて人聞きが悪い。第七明和銀行の改革の大義に集まったのです」

綾小路がきりりと厳しい目線を三雲に送った。

この三雲という人物をどこまで信用していいのだろうか。絶えず薄笑いを浮かべ、本音では何を考えているか分からない。一番好きなものは何かと尋ねたら、即座に「金」と答えるだろう。「大義」などという言葉は、迷わずに握りつぶしてゴミ箱にポイッと捨てるに違いない。

「そうでしたね。第七明和銀行がよくなってくれませんと、私の方の商売も上がったりですから」

三雲は薄笑いを浮かべながら、水割りを飲んだ。

「三雲社長はなかなか偉いよ。お父様の跡を継いで、さらに会社を大きくしようとされている。お父様とは取引こそなかったが、個人的には親しくさせていただいた。なにせ人脈がすごかったからね。政治家から、まあ言っては悪いが裏の世界の方まで、よくご存じだったから。銀行取引は義理堅くて、旧第七銀行一本だったがね」

木下が、往時《おうじ》を偲《しの》ぶようにゆっくりとした口調で話した。

「そうでした。旧第七銀行は、父が創業の時からずっと変わらず支援してくださいましたので。父はその辺りはとても義理堅い男でした」

三雲は大げさに涙を拭《ぬぐ》う真似《まね》をした。

「それがどうもお父様が亡くなって以来、疎遠《そえん》になった……」

木下が綾小路にじろりとした視線を向けた。

綾小路は、ややうつむき気味になる。「いろいろ三雲社長のお父様にはご無理を申しあげておきながら、引き継ぎがなされず、通常の取引先と同じになってしまっていたようです」綾小路の声は、いつもの勢いのある甲高《かんだか》いものではなく、ぼそぼそと頼りないものになっていた。

「私は、事業をどんどん拡大したい。いまはそのチャンスです。二〇二〇年の東京オリンピックに向けて、東京の多くの場所で再開発が行なわれています。そこで必要なのは、何よりも潤沢な資金です。そこで取引店である高田通り支店の新田支店長にご相談申し上げた。ところがいい返事をしてくださらない」

三雲が、眉間《みけん》と目尻《めじり》に皺《しわ》を寄せた。不満がそこに表われている。

「新田支店長は、非常に保守的なバンカーですからね。私からはそれとなく厳しく指導しているのですが……」

綾小路が言い訳するように声を絞り出した。

「そこで思い余って、私は父が遺した資料から調べ上げた、旧第七銀行の不良債権飛ばしのことを新田支店長に申し上げたんです。『これは権藤会長のスキャンダルですよ』とね」

三雲は、薄笑いを浮かべた。先ほど涙を拭っていたのが、全くの演技だったと知れた。

「さぞや新田支店長は驚いたことだろうね」

木下が嬉しそうに相好《そうごう》を崩した。

「ええ、そりゃあもう、びっくりされました。私を支援してくださらないのならこれを公表すると言いました。利息は定期的に支払われ、残高こそ五十数億円で高止まりしたままですが、我が社も上場を目指しております。いつまでも説明のつかない借金だらけの会社をいくつも抱えているわけにはいかないんです」

三雲の声に怒りが垣間《かいま》見えた。

「よく承知しておりますよ」

木下も唇を歪《ゆが》めた。

「まさか三雲さんが木下頭取に直訴《じきそ》されるとは想像もつきませんでした」

綾小路は目を大きく見開き、さも驚いた様相になった。

「この情報に最も高い価値をつけてくれるのは誰かと考えましたら、父と交流のあった木下頭取の顔が浮かびましてね。それで直訴というと大げさですが、直接、お話し申し上げる機会をいただいたというわけです」三雲は、軽く木下に頭を下げると、綾小路に向き直った。「それより何より驚きましたのは、木下頭取から綾小路専務をご紹介賜《たまわ》るなんて、それこそ想像もつきませんでした。旧明和銀行と旧第七銀行の対立は、私たち場外の者にも伝わっておりますからね。〝想像がつかない〟というお言葉をそのままそっくりお返ししたいと思います」

三雲の高らかな笑いが、ＶＩＰルームに響く。

「いやぁ、世の中はまさに不可解、敵の敵は味方、味方の味方は敵、いったい誰が敵か味方か分からない。それにつけても我が銀行の内部対立が、三雲さん、あなたの耳にも入っているとは、まことにお恥ずかしいことです」

木下は、水割りをひと息に飲んだ。グラスが空《あ》いた。綾小路は、急いでグラスを受け取り、ウイスキーの水割りを新しく作る。

「私も我が行の内部対立を解消したいと常々考えておりました。それには守旧派である権藤会長を排除するのが最も近道であると……。それで木下頭取と密《ひそ》かにご相談していたわけですが、いい知恵が浮かびませんでした」

木下にグラスを渡した綾小路が、三雲に向き直り、深刻な顔つきで話した。

「綾小路さんは、旧第七ですよね。どうして木下頭取に相談しようと思われたのですか。木下頭取にとっては綾小路専務が近づいてこられたのは渡りに舟だったでしょうが……」

三雲は、不思議《ふしぎ》そうに首を傾《かし》げた。

木下が、水割りグラスを置いて三雲の方に身体を寄せる。「同じ旧第七銀行の誰かに相談しようものなら、即座に権藤会長の耳に伝わり、綾小路君はクビだよ。それに綾小路君は、こう見えてなかなかの野心家なのさ」とたきつけて、にやりと笑みを浮かべた。

「野心家などとは怖れ多いです」

綾小路は困惑した。

「ははん、分かりました。いつまでも権藤会長が君臨《くんりん》していては、自分が頭取にも会長にもなれないということですね」

納得したと言いたげに三雲は何度も頷《うなず》いた。

「私はね、もう待てないのだ。金融庁からも強く言われている。いつまで旧明和銀行だ、旧第七銀行だと揉《も》めているのかとね。早期に一体化を成《な》し遂《と》げたいと思っている。そのために邪魔《じゃま》な者は、誰であろうと容赦《ようしゃ》なく排除しなければならない。早々に人員と店舗の大リストラを断行して、筋肉質の銀行を作り上げたいのだ。それを実施する。邪魔をする奴は許さない。たとえ権藤会長でも……」

木下は、唇《くちびる》を震わせた。

「邪魔な者が、もう一人。新田支店長です」三雲は神妙《しんみょう》な顔つきで言った。「新田支店長に、権藤会長のスキャンダルを公表すると申しましたら、とにかく止《や》めてくれとの一点張り。特に対策もありません。私は、この貴重な情報を、タダで公表するほど、お人よしではありません。しかし、新田支店長は違います。私が見たところ非常にお人柄がよろしい。私が公表するくらいなら、自分が公表するというタイプでしょう。そうなったらお終《しま》いです。私たちの計画は何もかも失敗し、銀行は混乱するだけとなります」

「もしその新田とやらが、自ら公表すれば、もはや権藤会長へ退任を迫る切り札としては使えない。世間の反応が大きければ、権藤会長は退任こそするだろうが、自ら身を引いたことになり、退任後も力を維持する可能性がある。反対に世間の反応が薄ければ、権藤会長はそのまま居直るかもしれない。そうなれば最悪だ。私は、何としてもこの問題を権藤会長に直接ぶつけ、退任させ、聖域なきリストラを断行したいのだよ」

木下の表情からは、いつもの温厚さがかき消え、激しさばかりが目立っている。

「新田支店長に勝手な真似をさせないために少々きつい脅しをかけようといたしましたが、失敗しました。邪魔者がもう一人おります」

綾小路が、視線を落とした。

「邪魔者がもう一人？」

木下が身を乗りだした。

「はあ、多加賀主水という男です」

「多加賀主水？　そいつは何者だ」

「一介《いっかい》の庶務行員です」

綾小路は木下を見つめた。

「ほほう、庶務行員とはなぁ」

木下は、ため息とも感嘆《かんたん》ともつかぬ深い息を吐いた。

四

喫茶店「クラシック」の店内には、モーツァルトの『レクイエム』が流れていた。その荘重《そうちょう》な調べ、天から降り注ぐような清らかな歌声に身を委《ゆだ》ねていると、この世の罪、咎《とが》など何もかもが溶け出すような気がする。主水は、静かに目を閉じていた。

「主水さん」突然の悲痛な声に、主水は椅子《いす》から飛び上がった。

目の前に生野香織と椿原美由紀がいた。

「驚きました。二人揃ってどうしたのですか？」

「主水さんに何とかして欲しいと思って、女子会を切り上げてきたんです。主水さん、ここにいるだろうと当たりをつけてきたら、ドンピシャだった。ねえ」

香織が嬉しそうに美由紀の顔を見て頷いた。

「ほんと良かった。主水さんが、お昼に、何となくクラシック音楽に身を委ねたい気分の日ってあるよねって言っていたのを思い出したのです」

美由紀が笑みを浮かべた。昼食時《ちゆうしよく》に美由紀と同席した時、主水はよく覚えていないが、そんなことを口にしたようだ。

時折、憂鬱《ゆううつ》な気分になったり、静かに物を考えたい時、クラシック音楽に浸《ひた》るのが一番であるというのが主水の持論である。

「それで相談事はなんでしょうか？」

主水は重い瞼《まぶた》を何度か瞬《しばたた》かせた。

「新田支店長を助けてほしいんです。心配なんです」

香織が必死の形相《ぎょうそう》を見せた。隣の美由紀も同様である。

「いったいどういうことか、説明してください」

「主水さんも分かっておられると思いますけど、新田支店長、最近、全く元気がないんです。痩《や》せられて、何かを思いつめられているようで。その何かは、きっとうちの銀行の重大事だと思うんです」

香織が息せき切って話す。

「どんな重大事なのですか？」

「うちの銀行は、合併銀行です。旧第七銀行と旧明和銀行が合併したのですが、お互い仲が悪いんです。現場の私たちは、そんなこと気にしていないのですが、役員や幹部たちは反目《はんもく》し合ってどうしようもないという状態です。週刊誌などに悪口は書かれ放題で、私たちの友人が本部にいるんですが、彼らからも役員たちの反目の様子がビビッドに伝わってくるんです。私たちは、こんな状況に抗《あらが》って戦わねばならないと思って、旧第七も旧明和も分《わ》け隔《へだ》てなく、銀行内の色々な人とネットワークを作っているんです。その中で期待の星の一人が、新田支店長なのです」

香織が真剣なまなざしを主水に向けた。

主水は香織を見つめ返した。疑問が湧《わ》いて、留《とど》まるところを知らない。

銀行内でのネットワーク、期待の星、そして戦わねばならないという言葉……。

「新田支店長が期待の星とはどういうことなのですか?」

「『第七明和銀行を改革する仲間の会』というネットワークで、若手がそれぞれの出身銀行の壁を乗り越えようとしているんです。その活動の一つとして、将来有望な幹部の人に接触して、若手の意見を聞いてもらっています。銀行を改革するためには、私たち若手も大事ですが、役員に近いような幹部の方にも同じ考えを持っていただくことが重要なのです。私たちは、旧行意識《きゅうこういしき》の撤廃《てっぱい》、人事の一体化などを訴《うった》えているんです。その中で新田支店長は、本当に私たちの考えに賛同してくださっているんです」

美由紀が真剣な表情で答える。

新田が部下に慕《した》われていることは実感として理解していたが、ここまで頼りにされているとは思わなかった。

新田も主水に助けを頼んだが、それは自分自身のためだけではなく、目の前にいる若手たちのためでもあったのだ。

「お二人は銀行をより良く改革したいんですね。その気持ちはよく分かりました。でも……」主水は、二人を落ち着かせるべく穏《おだ》やかに答えた。「私は一介の庶務行員に過ぎません。私に、あなた方をどうして助けられるというのですか」

二人は顔を見合わせて、黙りこんだ。主水は二人が口を開くのを待った。

しばらくして二人が主水を見つめた。

「主水さんなら私たちを助けてくれると信じています。時間が余りないんです」

香織が言い切った。美由紀も深刻な表情を崩さない。

「信じています、ですか」主水は微笑《ほほえ》んだ。二人の答えに喜びを覚えた。高田通り支店に着任してから、幾つかのトラブルに関与した。その処理の手際の良さを二人が見込んだのだろう。「でも、時間がないとはどういうことですか？」

香織の最後の言葉が気になった。

「大規模なリストラが断行されるらしいのです。そのリストラというのが、木下頭取が極秘に進めていて、旧明和銀行ばかり有利になる計画なんだそうです。ですからその時、新田支店長も更迭《こうてつ》されるんじゃないかっていうんです」

香織は今にも泣きそうだ。

「誰から聞いたのですか」

「本店企画部の、リストラ計画の担当者からです。その人は旧明和銀行なのですが、私たちと同じように我が行の現状をとても憂《うれ》えているんです。それでこっそり教えてくれました。高田通り支店は、隣駅の目白支店と統合される予定になっている、新田支店長は、いろいろトップに意見を上申して煙たがられているから、更迭されるのは間違いないと……。リストラという名のハラスメントみたいなものだって。これは絶対に阻止《そし》しないと、いまよりもっと悪くなるっていうんです」

今度は美由紀が泣き顔になった。

「旧第七、旧明和の関係なくネットワークが広がっているわけですね。その企画部の方もネットワークの人なのですね」

主水の質問に、二人は同時に頷いた。第七明和銀行の中には、現状を憂える若手が多く存在しているようだ。主水は、心の中に、熱いものが自然と湧き上がってくるのを感じていた。どうもこうした無償《むしょう》の行為に感動してしまう性質《たち》であるようだ。

「主水さんは、新田支店長と三雲不動産の社長との関係について、何かご存じですか」

香織が神妙な顔で聞いた。

「何かって何でしょうか？」

「二人の間に何があるのかってことです」

「どうしてそう思うのですか？」

主水の追及に香織がたじたじとなる。

「何ていうか、ちょっと頻繁に会い過ぎかなと思うんです。それに三雲不動産から戻ってこられると、非常に顔色が悪く、機嫌《きげん》もよくないんです。なにか新田支店長を心配させているようなことがあるんじゃないかって」

「それに」美由紀が口を挟《はさ》み、「こんな話があるんです」と話し始めた。

「うちの支店の三雲不動産の担当者が、ある日、会社を訪問すると、廊下《ろうか》に新田支店長の声が聞こえたっていうんです。支店長が来てたんだなと思って、少し嫌な気分になったそうです。訪問するなら担当者である自分も一緒に連れていってほしい、無視しないでほしいって気持ちでしょうね。何話しているんだろうと聞き耳を立てると、『そんなことはさせない』『脅迫するんですか』という物騒《ぶっそう》な声が聞こえたそうです。新田支店長の声です。これは揉めているなと思い、帰ろうかと迷っていたら、支店長が荒々しくドアを開けて出てきた。相当に興奮しておられたようで、その担当者には気づかずに帰っていかれたとか。その直後、担当者が三雲社長に会うと『俺は銀行を手玉にとってやるからな』と嘯《うそぶ》いていたともいいます。いったい何があるんでしょうか。主水さん」

美由紀は、さも主水がなんでも知っているんだろうという顔で迫ってきた。

主水はたじろぐことなく、香織と美由紀をじっと見つめた。

二人に真実を話すべきかと思ったのである。

しかし、主水には気にかかることがあった。二人は異様に新田の行動に関心を持っているように思える。なぜなのだろうか。

「どうしてそんなに新田支店長の行動が気になるのですか？　やはりあなた方の期待の星だからですか」

「私たちが悪いんです」

二人の目が潤《うる》んだ。

「どういう意味ですか」

主水は二人が急に涙ぐんだので驚いた。

「私たちがあまりに頼りにするものですから、新田支店長は自らのリスクを顧《かえり》みないで、綾小路専務や役員の方々に、若手の声として私たちの意見を話してくださったのです。それで嫌われ、排除されそうになっておられるのではないか……。私たちのために新田支店長が辛い立場に追いやられているのだと思うと、申し訳なくて」

美由紀が悲しそうに表情を歪めた。

「このままだとせっかくまともな経営幹部の一人である新田支店長が潰《つぶ》されてしまいます。主水さん、助けてください」

香織が頭を下げた。

主水は、腕を組み、唇を引き締めた。「何かできることはないか、私なりに探ってみましょう。ところで支店ではあなた方のネットワークの参加者は誰なのですか？」

「私たち二人と、若手じゃないですが、難波課長です」

香織が答えた。

「難波課長がねぇ」主水は仰天《ぎょうてん》した。あの難波に、そんなにも高い問題意識があったのだろうか。「副支店長の鎌倉さんは？」

「鎌倉さんはネットワークには入っていません。どうも真面目すぎて私たちと反《そ》りが合わないみたいです」

香織が答えた。

「そうですか……。もしかしたらお二人に協力をお願いするかもしれませんよ」

主水が言った。

「よろこんで！」

二人は声を揃えた。

「当面、新田支店長をよくガードしてあげてください。命を狙われておられますから」

主水の言葉に、「えっ」と驚きの声を上げ二人は顔を見合わせると、表情を強《こわ》張《ば》らせた。

＊

「主水さん、いいか、少し一緒に並んで歩くよ」

高田通りの外れを、刑事の木村健が他人の振りをして主水とつかず離れずに歩く。

「何か分かりましたか」

木村は高田町署刑事課で強盗《ごうとう》など強行犯捜査を担当しているが、主水の依頼で色々な情報収集を行なっていた。木村は、かつて組織犯罪対策課に属していたことがあり、暴力団等の情報にも強く人脈もある。

「ああ。三雲は最近、第七明和銀行の木下頭取と綾小路専務に、銀座のクラブで会っているな。話の内容までは入っていない。この三人はたびたび会っているようだ」

「三雲と頭取と専務……」

「三雲ってのは、相当な食わせ者だ。町田一徹とも繫《つな》がっていやがる」

「町田一徹っていうのは右翼のですか」

「ああ、右翼って言っても看板だけで、実態は広域暴力団天照竜神会《てんしょうりゅうじんかい》の最高幹部の一人だ」

第七明和銀行の町田への融資が不良債権化している。その飛ばしに関与しているのは三雲不動産である。その社長が三雲。町田と三雲に接点が生まれても不思議ではない。ましてや三雲が扱うのは不動産だ。世間ではコンプライアンスが強調されて、暴力団関係者と一切関わってはいけないことになっているが、不動産取引は、まだまだ魑魅魍魎《ちみもうりょう》の跋扈《ばっこ》する世界である。地上げなどで暴力団が人知れず関与することもあるのだろう。町田と知り合っていて損はないはずだ。

「ありがとうございます。貴重な情報です」

「主水さん、何をやっているか知らないが、町田が絡んでいるようなことに素人が首を突っ込むとヤバいよ。現に尾けられているぜ」

木村の視線が、鋭く背後に飛んだ。

「うっ」

気がつかなかった。考え事が多く、自分の背後まで気が回らなかった。迂闊《うかつ》だ。

「どうする？　挟むか？　その先のT字路を右に曲がるんだ……」

木村の問いに、主水は小さく頷いた。

木村が、影に溶け込むように後方に下がっていく。主水は、背後に精神を集中する。通りには人気《ひとけ》が少なくなってきた。

T字路が近づいてくる。主水が右に曲がろうとした時、急に気配が消えた。

「あっ」

振り向いた。視線の先には、悔しそうに唇を噛《か》む木村がいた。

「逃げられたぜ。こっちが組んでいるのに気づかれたんだ。プロだな。でもこっちもプロだ。写真を撮っておいたぜ。電話をする振りをしてだから、上手く写っていればいいんだが……」

木村がスマートフォンを操作して写真を選び出した。不鮮明ながら男の背や横からの姿が写っている。顔は見えない。黒スーツの男だ。高田町稲荷で新田を襲った男だと思われる。

「見覚えあるか」

木村が聞いた。

主水は、写真を凝視《ぎょうし》した。

「あっ……、まさか」

五

権藤は、恐ろしげな表情で木下を睨《にら》みつけ、一喝《いっかつ》した。

「こんなリストラ策はダメだ」

会長室の壁が震えるほどの大声だ。しかしその声にはいつもの威圧感はなく、わずかに怯《おび》えすら覗《のぞ》いている。

「この大規模なリストラをしませんと、我が行は、メガバンクの一角から間違いなく落ちてしまいます」

木下はあくまで冷静である。権藤がいくら怒鳴《どな》っても、その声はふっくらとした身体に吸収されてしまうかのようだ。

「あなたのリストラ案は、まるで旧明和銀行に戻るようなものではないか。店舗も人事も、何もかもだ。旧第七銀行を潰し、旧明和銀行だけを残そうとする魂胆《こんたん》だな」

権藤は興奮して、唇の周りに白い泡を溜めている。

「誤解です。公平に実力で判断しました。あなたこそ旧明和銀行を敵対視する方針をいい加減に止めたらどうですか。このリストラ案が旧明和銀行寄りだというなら、あなたが旧第七銀行寄り過ぎるからです。もしこのまま旧明和銀行に敵対する方針を続けるなら、この問題であなたを糾弾《きゅうだん》します」

木下はテーブルに一枚の書類を広げた。それは権藤の私的な問題を解決するために行なわれた、不正融資の詳細だった。

「何だ、これは」

権藤は、木下に襲いかからんばかりに詰め寄った。

「合併に際してあなたが隠蔽《いんぺい》された融資です。不良債権化している。相手は暴力団だ。とんでもないことです。よくもこんなものを隠蔽していましたね」

初めて木下の表情が険しくなった。

「知らん。こんな融資は知らん」

権藤は、大きく顔を背《そむ》けた。

「言い逃れをするんですか。あなたのご家族に関わるものですよ。どうしてここまで放置されていたんですか。あなたのご家族のスキャンダルが表沙汰《おもてさた》になるのを防ぎたかったんでしょう」

木下が静かに問い詰めた。

「あなたは私を脅迫するのか。頭取が会長を脅迫するのか」

「脅迫などしていません。こんな融資を放置している人を会長にはしておけないということです。これから我が行は、旧明和銀行が主導させていただきます。あなたには退任していただきます。このまま静かに退任していただければ、この融資の責任は問いません」

木下が言い終わるか終わらないうちに「何を言うか」と権藤は立ち上がり、傍《そば》にいた綾小路に向かって「君、何とか言え」と激しい口調で命じた。「このままでは我が行はめちゃくちゃになるぞ。旧明和銀行の言いなりだ」

綾小路は何も言わない。じっと権藤を見返していた。

「き、きさま……」権藤の奥歯と奥歯がぎりぎりときしみ合う音が、会長室にむなしく鳴り渡った。

「何もかもお前か……。お前が仕組んだのか」

権藤は仁王立《におうだ》ちのまま、両手を高く上げ、綾小路に摑《つか》みかかった。

「来月一日にこのリストラ案を発表いたします」

権藤の狂乱を尻目《しりめ》に、木下は静かに告げた。

六

十一月中旬とは思えない真冬並みの寒さに、三雲はコートの襟《えり》を立てた。まだ石段は続いている。こんな夜になぜ呼び出しを受けなければならないのかと、三雲は腹が立って仕方がなかった。

足元を照らしているのは、拝殿《はいでん》の提灯《ちょうちん》だけである。

先刻、新田から「重要な話があるから高田町稲荷の拝殿前に来てほしい」と電話があった。「何か急用か。俺には会う必要などない」と切って捨てると、新田は居直ったように「何もかも公表する」と言い放った。

電話を終えた三雲は、綾小路に新田の要望を報告した。

「窮鼠猫《きゅうそねこ》を噛むっていう諺《ことわざ》もある。自暴自棄《じぼうじき》になって公表されたら計画が失敗してしまう。何とか宥《なだ》めて阻止するんだ」

電話越しに、綾小路は強く命じた。

いま、第七明和銀行では、木下や綾小路が話していた大規模なリストラ計画が進行しているのだろう。不良債権飛ばしの一件で権藤会長を脅し、リストラ計画を呑ませようとしているはずだ。それなのに新田の手でスキャンダルが世間に公表されたら、切り札として使えなくなってしまう。

「銀行を手玉に取ろうとしていたのに、これでは俺の方が手玉に取られているじゃねぇか。くそっ」

三雲は肩をすぼめ、両手をこすり合わせた。

「三雲さん……」

低く太い声が暗闇から聞こえてきた。

「誰だ」

三雲が声の方向に問い返した。

「新田です」

暗闇の中から新田が姿を現わした。

「何だ、こんな妙なところに呼び出しやがって」

三雲は手をこすりながら新田に怒りをぶつける。

「三雲さん、あなたはひどい人ですね。綾小路専務や木下頭取と何を相談しているのですか」

新田が一歩一歩、三雲に近づく。

「何のことかわからないなぁ」

三雲はとぼける。

「あなたはあの融資を公表すると私に言いながら、一方で綾小路専務や木下頭取と取引していたのではありませんか。私はしかるべき時機に権藤会長とお話しして、きちんと処理する、ええ、町田一徹氏とも話をつけるつもりでおりました。それなのにあの融資を利用して自分の利益を図《はか》ろうとするなど言語道断《ごんごどうだん》です」

新田は厳しい口調で糾弾した。

「どこから俺と綾小路専務と木下頭取との関係の情報を入手したか知らないが、あの融資をどう利用しようと俺の勝手だ。俺がせっかく不動産高騰《こうとう》のビッグチャンスに支援を求めているというのに、お前がちっとも色好い返事をしないからだ。お前は、俺がいくら脅しても『待ってくれ』と言うばかりで、その優柔不断《ゆうじゅうふだん》さには呆《あき》れたぜ。ちょっとしたルートを辿《たど》って木下頭取に話したら、二つ返事で大型融資が決まりそうだ。もうこんな場末《ばすえ》の高田通り支店とはおさらばする。これからは本店営業部で取引してもらうことが約束済みだ」

両手を離して右の人差し指を新田に突きつけ、三雲は吐き捨てた。

「綾小路専務に私は随分苛《ずいぶんいじ》められている。それも三雲さん、あなたのせいなのか」

「俺には旧第七も旧明和も関係ない。あの綾小路っていう専務は、木下頭取と組んでお前や権藤会長を葬《ほうむ》り去《さ》ろうとしているんだよ。なかなかの玉じゃないか。早く頭取になりたいんだろうね。それもこれも権藤がいつまでも会長の席に留まっているからだ。あんな奴《やつ》、お前も早く追い出しちまえよ。勝ち馬に乗った方がいいんじゃないか。お前はスキャンダルを知り過ぎているから、綾小路としては始末したいんだろう」

「三雲さん、私は覚悟しました。全てを世間に公表して、世間の裁可《さいか》を仰《あお》ぐことにしたい。そうすればスキャンダルはスキャンダルでなくなる。あなたは何も利用できない」

「そりゃ拙《まず》い。公表だけは思い留まった方がいい。このスキャンダルを利用したいのは、むしろ俺より木下頭取や綾小路専務の方だ。これで権藤を黙らせ、経営の主導権を握ろうっていうわけだ。あいつらこそ汚ねえ奴らだぜ。新田さん、あんたもあいつらに取り入った方がいい。旧第七だとか、旧明和だとか騒いでいるうちは、俺は安泰だってわけだ。権藤会長はもう終わりだがね」

新田は勝ち誇《ほこ》ったように笑った。

「やはりそういうことか」

別の男の声がした。

「他に誰かいるのか」

三雲は動揺した。

「お前が終わりだと言った、権藤だ」

暗闇の中に権藤のシルエットが浮かんだ。顔までは暗闇に溶け込み、いまだ判然としないが、怒りのエネルギーだけは三雲に伝わった。

「な、何と」

三雲が絶句した。

その時、暗闇の中に幾つもの白い影が浮かびあがった。

「き、狐《きつね》」

三雲を取り囲んだのは、狐の面を被《かぶ》った者たちだった。その数は十数人もいるだろうか。徐々《じょじょ》に輪を詰めていき、三雲を取り囲む。

「て、てめえらはなんだ」

三雲は、その中心にいる、白装束《しろしょうぞく》に身を包んだ狐面に声をかけた。

「私は、この稲荷神社の使者。そしてお前をここに呼んだ者だ。お前のような我《が》欲《よく》にまみれた者を退治《たいじ》するためにやってきたのだ」

狐面は三雲に宣告した。

白装束の男以外は、スラックスやスカートといった普段着を着て、顔だけを狐面で隠していた。男も女もいる。いつの間にか、新田と権藤は姿を消していた。狐面を被って、この輪の中に紛《まぎ》れてしまったのである。

「お、俺をどうするつもりだ」

三雲はすっかり怯えきって、後ずさった。

「恐喝《きょうかつ》容疑で逮捕してもいいんだぜ」

突然、狐面の輪の中に強面《こわもて》の男が現われた。

「恐喝！」

三雲は素《す》っ頓狂《とんきょう》な声を上げた。

「俺はこういう者だ。高田町署刑事の木村だ」

男は、手帳を三雲の前に掲《かか》げて見せた。

「警察か」

三雲が叫ぶ。

「三雲、お前を、広域暴力団天照竜神会の幹部、町田一徹と組んで、新田宏治氏および第七明和銀行を脅した容疑でしょっぴくことにする。被害届も出ているんでね」

「な、何を、何をしたって言うんだ。俺が」

三雲がその場に膝《ひざ》を屈《くっ》した。石畳が膝に冷たく、血を滲《にじ》ませる。夢ではない、確かに生きていると三雲は痛感した。しかし、いま、自分を取り囲んでいる狐の群れはいったい何の景色なのだろうか。

「まあ、じっくり署で話を聞こうか」

木村が、三雲の腕を摑んで、引き上げた。

七

株主総会や記者発表で使われる広い本店講堂には、全く人の気配がない。その壇上は凍《こお》りつくように冷え冷えとしている。

「権藤さん、こんなところに私を呼びつけていったいどういうことですか。ましてやこんな早朝に」

木下頭取は不満そうにこぼした。木下の隣には、綾小路専務が所在なげに、しかめ面で立っている。

いまさら隠すまでもない。綾小路が木下のスパイとして権藤に仕《つか》えていたことは、とうに権藤にも分かってしまっているのである。

「とても大事なことがありましてね。今日は、リストラの発表記者会見でしたね」

権藤は、すっかりいつもの威圧感をなくしていた。木下にはやつれたようにさえ見えた。

「ええ、午後の四時にここで行ないます。第七明和銀行が変わる日です」

木下が晴れやかな顔で告げた。権藤の三月末付け会長退任も今日発表する予定だ。木下は、それが何よりうれしいのだろう。これで自分の天下が確立するのだ。

「変わるでしょうな。辞めていく身には関係ないが、良い銀行にしてもらいたいものです」

権藤は見慣れた講堂を一望した。

「大丈夫ですよ。綾小路君が頭取になり、私は彼の補佐として会長をやらせていただきますから、全くご心配には及びません」

「木下さん、あなたのやろうとしていることは、私がやろうとしていたことと同じで、決して第七明和銀行のためにはなりません。旧明和の力が強くなったとしても、第七明和銀行の総合力が強くなるわけではないのです」

権藤が静かに予言した。

「権藤さんも会長を辞任されることが決まって、随分、弱気ですね」

木下が笑った。

「私は間違っていたのです。旧第七銀行の権益《けんえき》を守ることが、私の役割だと思っていた。しかし、この銀行は私や木下さんのものじゃない。若い人のものです。どうですか？」

権藤は穏《おだ》やかな視線を木下に向けた。

「どうですかって、何がですか」

木下は戸惑《とまど》い気味に聞いた。

「彼らを見てください」

権藤が壇上から会場を指差した。

記者会見のために準備された椅子には、いつの間にか多くの男女が座っていた。静かに壇上の権藤たちのやり取りに耳を傾《かたむ》けている。

「いつの間に……」

木下が絶句した。

「いったい彼らは何者ですか」

綾小路が震え声で尋ねた。

「行員たちですよ。第七明和銀行の将来を憂える、若手行員たちです。旧第七、旧明和の垣根《かきね》を越えてここに集まっています」

権藤は満足そうに彼らを眺《なが》めている。

「な、何のために……」

　木下の目には、恐怖さえ浮かんでいた。事態が理解できないからだろう。

「木下さん、一緒に退任しようじゃないですか。老兵は去るのみです。彼らに任せましょう」

「何を言い出すんですか」木下は慌《あわ》てふためき、会場に向かって「仕事に戻れ、早く戻るんだ」と叫んだ。常の温厚さをかなぐり捨てた姿を晒《さら》している。会場の行員たちは、じっと動かない。

　始業前の時間に彼らはネットワークを駆使して本店講堂に集合した。その数は五百名以上になるだろう。第七明和銀行を憂える、止《や》むにやまれぬ思いが行動となった。

「彼らは、彼ら自身で第七明和銀行の再建案を考えてきてくれています。それを検討しましょう。あなたの考えに基づくリストラ案の発表は延期すべきです。彼らの銀行なのですから」

「何をふざけているんですか」

　木下が、嘲笑《ちょうしょう》するように顔を歪めた。

「ふざけてなんかいない！」

権藤が、怒声を発した。以前に増して威圧感のある声だ。木下がびくりとして、一瞬、目を閉じた。

「彼らの要望を聞きましょう。そして派閥《はばつ》争いの元凶《げんきょう》である私やあなた、綾小路君、みんな退任しようではありませんか」

権藤が会場に目を転じた。最前列の中央に、新田が立っていた。手には書類が握られている。次第に朝日が差し込む講堂に、その書類が高く掲げられた。

「あれが、若手たちの考えた再建案です。あれを検討しましょう。彼らに未来を託《たく》すのです。私たちの時代は終わりました。いいですね」

権藤が木下の両手を掴んだ。握手《あくしゅ》に見えた。強引だが、木下はそれを拒否できなかった。会場から若手行員の熱気が伝わってきたからである。

会場から大きな拍手《はくしゅ》が沸き起こった。力強く拍手している中に香織や美由紀もいた。

木下はがくりと首を折った。その隣で綾小路も床に膝を屈して、呆然《ぼうぜん》としていた。

「第七明和銀行が、真に新しくなるんです」

権藤が木下の手をさらに強く握った。

「暴力団幹部である町田への不良化した融資は、不良債権飛ばしは、いったいどうするおつもりですか。あなたの責任は重大ですぞ」

木下が声を荒らげた。諦《あきら》めきれない、怨《うら》むような目で権藤を睨みつける。

「木下頭取も人が悪い。隠蔽していた私が言うのもおかしいですが、その問題をお知りになった時点で、即座に回収すべしと公に指示をしてくだされればよかったではないですか。それがトップの務めでありましょう」権藤は厳しく言い、会場の行員たちに目を遣《や》った。「彼らが正当な形で回収してくれるでしょう。私は彼らに私自身のスキャンダルを説明し、問題解決を先送りしてきたことを詫《わ》びるつもりです。彼らが許してくれるかは未知数でありますが、その結果、問題が表沙汰になることも覚悟しております。実のところ、もっと早く覚悟しておればよかったと、いまになって後悔しておりますがね」

権藤の懺悔《ざんげ》は苦しげだが、強い意思が込められていた。

木下はますます深く項垂《うなだ》れ、膝から床に崩れ落ちた。権藤の覚悟に戦意を喪失《そうしつ》したのだろう。

「皆さんの勝利です。皆さんの力で新しい第七明和銀行を作ってください。私と木下頭取は退任します」

権藤が、会場の隅々にまで響くような声で宣言した。その声に応《こた》えるように拍手が一層、大きくなった。権藤は満足そうに微笑んだ。

＊

主水は、本店の建物を眺めていた。いまごろ講堂では権藤や新田が上手くやってくれていることだろう。権藤も綾小路という身内に裏切られて初めて、旧行意識にこだわる自分の愚《おろ》かさが分かったようだった。

「鮮《あざ》やかにやり遂げましたね」

主水に男が近づいてきた。身長一六〇センチ程度の、やや小柄な男である。

「あなたは講堂に行かなくていいんですか」

主水は男に言った。

男は本店を見上げて「私は部外者ですから」と、ふと寂《さび》しげな表情をした。

「まさか鎌倉副支店長が、新田支店長を殺そうとした刺客《しかく》だとは思いませんでした。若手の皆がCIAなどと噂していたのも、あなたのことだったのですね」

主水は目の前にいる実直そのものの鎌倉を見つめた。

「刺客ではありません。少し脅しただけです」

鎌倉は薄く笑った。

「あなたは綾小路専務に頼まれて、新田支店長を監視していたんですか」

「私ですか。私は、町田一徹の配下の者です。私のことをＣＩＡとかＫＧＢとか噂していたのは知っています。しかし、旧明和も旧第七も、私のような隠密《おんみつ》を銀行の各部署に放って、スパイ戦争を繰り広げています。お互いがお互いを監視し合って、ライバルを蹴落《けお》とそうとしているんです。くだらないことです。それも今日で終わるでしょう」

「町田一徹……、そうか、そうでしたか。今回のことは全て、町田の、いや失礼、町田さんの仕組んだことなんですね」

主水の問いかけに鎌倉が頷いた。

「町田は、三雲とは地上げで関係がありました。それで三雲にけしかけたのです。これで銀行を脅せばいいとね。いま銀行は、暴力団とは勿論ですが、その周辺者と言われる者と、ほんの少しでも関わりがあると大問題になります。町田への融資があることが世間に知られると大スキャンダルになるから、三雲の要求を呑んでくれるだろうとね」

「あなたが高田通り支店の副支店長として紛れ込むことができたのはどうしてですか」

「一方で町田は綾小路とも繋がっていましたから、腐《くさ》れ縁《えん》ですがね。三雲や新田の監視役として私を送り込むことを綾小路に了承させたのです。町田にとってはこれくらいのことは簡単なんです。町田は第七明和銀行の派閥争いを巧《たく》みに利用して銀行にさらに食い込もうと計画していたのですが、今回はあなたに見事にやられてしまいました」

鎌倉は頭を下げた。

「町田さんに対する、厳しい貸出金返済請求がなされるでしょうから、こんどこそ、ぐうの音《ね》もでないでしょう」

主水が勝ち誇ったように胸を反らせた。

「ははは」鎌倉は声に出して笑った。「町田は曲者《くせもの》でしてね。返済請求に素直に応えるかどうかは分かりません。結構、銀行に広く深く食い込んでいますよ。まだまだひと揉めもふた揉めもあると思いますね。ところであなたは何者なんですか？　オレオレ詐欺の高校生を叩きのめした時から、只者ではないと思っていました。主水さん、あなたも誰に雇われたか知らないが、スパイの一人でしょう？

今後も渡り合うことになるかもしれないから、教えてください」

「私ですか。私はしがないたかが一介の庶務行員にすぎません。それ以上でも以下でもありません」

主水は真面目な顔で答えた。

「そうですか、庶務行員ですか。でもなかなか手ごわい庶務行員ですね。戦い甲斐があります」

「あなたはこれからどうされるんですか」

「私ですか。あなたにまんまとやられましたから、左遷《させん》でしょう」鎌倉は笑みを浮かべ、「じゃあ」と右手を上げると足早に去っていった。

「また会いたくはないものだ」

主水は鎌倉の後ろ姿を見つめながら呟いた。

八

主水は中野坂上の居酒屋のカウンターで一人、江戸切子の盃を傾けていた。

「主水さん」

女将が声をかけてきた。

主水は顔を上げる。

「久しぶりに神無月さんが来られたわよ」

入り口に視線を向けると、初めて会った時のように実直そうな男が、主水を見つけ、小さく会釈《えしやく》した。主水も会釈を返す。

第七明和銀行総務部渉外係《しようがい》の神無月隆三。彼が、主水に〝あの男〟を紹介したのだった。主水の真の雇い主である〝あの男〟は結局、いったい誰なのだろうか。主水は一度もまともに顔を見たことがない。報告の時、電話で声を聞くだけだ。しかし、銀行の給料以外に〝あの男〟からは報酬がきちんと支払われている。〝あの男〟の正体を教えてくれなくても文句を言う筋合いではない。ただ、気にはなる……。

神無月が主水の傍に寄ってきた。機嫌がいいのか、穏やかな表情である。

「ご無沙汰《ぶさた》しております」

主水が挨拶《あいさつ》をした。

「こちらこそ、ご無沙汰しています。この度は大変な働きで、私も感謝しています。やはり貴方《あなた》にお願いしたことは間違いでなかったと思っています」

「神無月さんに紹介された方から『戦ってくれ』と言われました。その戦いが派閥争いの解消なら、何とかその方向性はつけられたようですから、私は用済みですね」

主水は聞いた。

「どうでしょうか？　町田からの融資回収もまだですから、もう少し、お助けいただくわけにはいきませんか。私は総務部で長く町田の問題を担当しておりますが、あの男は一筋縄《ひとすじなわ》ではいきません。〝あの方〟もきっとそれを望んでおられると思います」

神無月は神妙な顔で言った。

「ところで〝あの男〟というのは誰なんでしょうか」

主水は真剣な顔で神無月に迫った。

「叔父《おじ》さん、お待たせ」

入り口で明るい声がした。

「おお、香織、待っていたよ」

神無月は、主水の追及から逃れられるのを喜んでいるのか、相好を崩して手招きをした。

「おじさん?」

主水は怪訝な顔をして、香織を見つめた。

「主水さん、いると思ったです。会えてよかったです。今日は最高に上手く行きました。主水さんのお蔭《かげ》です。本当にありがとうございました」

香織は頭を下げた。

「神無月さんは香織さんの叔父さんなのですか?」

主水は神無月と香織を交互に見て、聞いた。

「ええ、香織は私の兄の子になります。香織は、本当にいい子ですよ」

神無月が自慢げに言った。

「叔父さんたら、あまり自慢しないで。失敗ばかりなんだから。でも今回は、主水さんにはどれだけ助けてもらったか分かりません。本当に心強かったです。銀行の改革はいま始まったばかりですが、私たち若手が力を合わせて頑張《がんば》ります。引き続き一緒に戦ってくださいね」

香織が、嬉しそうに微笑んだ。

「うん?」

主水は、香織の目をじっと見つめた。今、何か直感めいた考えがひらめいた。

――一緒に戦う……。

〝あの男〟の言葉だ。まさか、そんなことが……。主水は香織の顔をまじまじと見つめた。

「主水さん、今日は叔父さんの奢《おご》りです。どんどん飲んでください」

「主水さん、どんどん飲んでください。幾らでもどうぞ。可愛い姪《めい》の頼みですからね」

香織が主水のグラスにビールを注《つ》いだ。

「まさか……」

「主水さん、私の顔に何かついているんですか」

香織はかろやかに、そして楽しそうに声に出して笑っている。

「少し聞きたいことがあるのですが、いいですか?」主水は笑顔の香織に訝《いぶか》しげに尋ねた。

「はい、何でもお答えします」

香織が真面目な顔になった。

「『新田をスキャンダルで追い詰めることも考えざるを得ない』と言ってくれますか」

香織は一瞬、息を呑む。そして口に手を当てると「新田をスキャンダルで追い詰めることも考えざるを得ない」と言った。

主水は目を見開いた。やや掠れ気味の甲高く、暗く陰《いん》に籠《こ》もった〝あの男〟の声がそこにあった。

〝あの男〟は、主水に新田らの最新情報を常に提供し、主水が動くように仕向けてきた。それは〝あの男〟が銀行や支店内部にいる香織とそのネットワークの行員たちだったと考えれば、腑《ふ》に落ちる。

「見破られましたか」神無月が薄く笑いながらビールを飲んだ。「あなたの本当の雇い主は香織です。彼女は学生時代に演劇をやっていて、色々な役を演じていました。勿論、男役も、悪役も、です」

「そうだったのですか……」主水はどっと疲れを覚え、大きく溜息をついた。そういえば、いつだったか彼女が演劇をやっていたと聞いたことがある。

「ごめんなさい。騙《だま》したようになってしまって……」香織がぺこりと頭を下げた。確かに、香織は事あるごとに主水に問題の解決を促してきたふしがある。大久保杏子へのセクハラ事件では、香織は自ら違算金トラブルの共犯を買って出ることで、問題を顕在化させた。

「すっかり騙されました。だから妊娠騒動の際、庶務行員に過ぎない私にも噂を耳打ちしてくれたのですね。それにしてもどうしてあの時、新田支店長のスキャンダルを追及しろと指示したのですか。新田支店長は皆さんのお味方ではなかったのですか」

「新田支店長の考えや行動が私たちと同じかどうか、あの時はまだはっきりと分からなかったのです。とても慎重な方ですし、立場もありますから、思い切った行動をしてくださるか、試す必要があったのです。それで、女性トラブルで追い詰めれば、会長、頭取ら経営トップからも誤解を受けることになりますから、それを契機にして戦いに参加してくださるのではないかと……。それに、支店長を追及しろと主水さんに電話した時、既に小枝子から真相を聞いていたんです。支店長が潔白だと分かっていたからこそ、安心してけしかけることができました。少しやり過ぎたかと反省していますが……」

香織はすまなさそうに目を伏せた。

「新田支店長を死地に追いつめ、そこから活路を見出《みいだ》させようとしたというわけですか。『死中に活を求める』しかない状態にするとはねえ」

主水は感心し、まじまじと香織を見やった。

料亭の部屋に盗聴器を仕掛けたのは、おそらく鎌倉副支店長だろう。新田のスケジュールを把握していた鎌倉ならば、事前に手を回すことは容易《たやす》い。主水が盗聴の疑いを報告した際、〝あの男〟が言葉に詰まったのは、新田がいよいよ追い込まれることを危惧し、焦ったからだったのだ。

香織は神無月に振り向き、「全て、叔父さんの計画です」と言った。

神無月は主水に向かってゆっくりと頭を下げた。「全て戦いに勝つためです。お許しください」

主水は、急に晴れ晴れとして「女将」とカウンターの中に向かって声をかけた。

「はい、主水さん」女将がにこやかに返す。

「焼酎《しようちゆう》を生《き》のままでください」主水は頼んだ。

「どんどん飲んでください。主水さん」香織と神無月が声を揃えた。

なみなみと焼酎で満たされたグラスが、女将から主水に手渡される。主水はそのグラスを香織と神無月に向かって高く掲げた。「素晴らしき戦略家に乾杯」

主水は、まるで水を飲むように喉を鳴らして焼酎を飲んだ。今夜は、本当に正体なく酔ってしまいそうだと主水は思った。

（この作品は、『小説ＮＯＮ』（小社刊）二〇一五年十月号から二〇一六年二月号に連載され、著者が刊行に際し加筆・修正したものです。また本書はフィクションであり、登場する人物、および団体名は、実在するものといっさい関係ありません）

庶務行員　多加賀主水が許さない

一〇〇字書評

切・り・取・り・線

**購買動機**（新聞、雑誌名を記入するか、あるいは○をつけてください）

- □（　　　　　　　　　　　）の広告を見て
- □（　　　　　　　　　　　）の書評を見て
- □ 知人のすすめで
- □ タイトルに惹かれて
- □ カバーが良かったから
- □ 内容が面白そうだから
- □ 好きな作家だから
- □ 好きな分野の本だから

・最近、最も感銘を受けた作品名をお書き下さい

・あなたのお好きな作家名をお書き下さい

・その他、ご要望がありましたらお書き下さい

| | | | | | |
|---|---|---|---|---|---|
| 住所 | 〒 | | | | |
| 氏名 | | 職業 | | 年齢 | |
| Eメール | ※携帯には配信できません | 新刊情報等のメール配信を 希望する・しない | | | |

この本の感想を、編集部までお寄せいただけたらありがたく存じます。今後の企画の参考にさせていただきます。Eメールでも結構です。

いただいた「一〇〇字書評」は、新聞・雑誌等に紹介させていただくことがあります。その場合はお礼として特製図書カードを差し上げます。

前ページの原稿用紙に書評をお書きの上、切り取り、左記までお送り下さい。宛先の住所は不要です。

なお、ご記入いただいたお名前、ご住所等は、書評紹介の事前了解、謝礼のお届けのためだけに利用し、そのほかの目的のために利用することはありません。

〒一〇一‐八七〇一
祥伝社文庫編集長 坂口芳和
電話　〇三（三二六五）二〇八〇

祥伝社ホームページの「ブックレビュー」からも、書き込めます。
http://www.shodensha.co.jp/bookreview/

祥伝社文庫

# 庶務行員《しょむこういん》　多加賀主水《たかがもんど》が許《ゆる》さない

平成28年7月20日　初版第1刷発行
平成29年10月10日　第7刷発行

著　者　江上《えがみ》　剛《ごう》

発行者　辻　浩明

発行所　祥伝社《しょうでんしゃ》

東京都千代田区神田神保町3-3
〒101-8701
電話　03（3265）2081（販売部）
電話　03（3265）2080（編集部）
電話　03（3265）3622（業務部）
http://www.shodensha.co.jp/

印刷所　萩原印刷
製本所　ナショナル製本
カバーフォーマットデザイン　芥 陽子



Printed in Japan ©2016, Go Egami　ISBN978-4-396-34222-7 C0193

# 祥伝社文庫の好評既刊